PICASSO TOUT CONTRE COCTEAU

DU MÊME AUTEUR

JUSTE UN CORPS, Le Mercure de France, 2022.

LE MAL DES RUINES, Grasset, 2021, prix du Mémorial d'Ajaccio.

PORTRAITS CRACHÉS, Robert Laffont, Bouquins, 2017.

JE NE VOULAIS PAS ÊTRE MOI, Grasset, 2016.

PROUST CONTRE COCTEAU, Grasset, 2013, prix du cercle proustien de Cabourg.

BRÈVES SAISONS AU PARADIS, Grasset, 2012, Livre de Poche, 2013.

QU'AS-TU FAIT DE TES FRÈRES ? Grasset, 2010, prix Jean-Jacques Rousseau, Livre de Poche, 2012.

BABEL 1990, *Rome, New York, Saint-Pétersbourg*, Gallimard, Folio/Senso, 2008.

QUI DIT JE EN NOUS ?, Grasset, 2006, bourse Cioran 2004, prix Femina de l'essai, Pluriel, 2008.

COCTEAU, Gallimard, NRF biographies, 2003.

LE JEU DES QUATRE COINS, Grasset, 1998.

LE CAMÉLÉON, Grasset, 1994, prix Femina du premier roman.

CHAMFORT, Robert Laffont, 1988, prix Fénéon, prix Léautaud, prix de l'essai de l'Académie française, Pluriel, 1990.

LES SALONS (en collaboration avec B. Minoret), J.-Cl. Lattès, 1985.

Pour une bibliographie détaillée : http://www.claude-arnaud.fr

CLAUDE ARNAUD

PICASSO TOUT CONTRE COCTEAU

BERNARD GRASSET
PARIS

Photo de la bande : Photographie J.-H. Lartigue.

ISBN 978-2-246-83073-3

En souvenir de John Richardson

J'étais inquiet, en publiant en 2013 *Proust contre Cocteau*. C'était dix ans après la biographie que j'avais consacrée au second, un monstre de 864 pages où j'avais voulu « ramasser » les vies d'un multiartiste des plus singuliers, et j'avais peur de me répéter. Que tant de lecteurs se passionnent pour cette amitié amoureuse ayant tourné à la rivalité agressive me surprit. Que des admirateurs de Proust y décèlent une vérité parfois occultée, celle d'un créateur aimant torturer autrui en se faisant passer pour sa victime, m'étonna aussi. Son cadet de vingt ans, Cocteau fut pour l'auteur de *la Recherche* une proie facile à culpabiliser, de leur rencontre autour de 1910 à la mort de ce dernier en 1922 : il n'avait qu'à lui reprocher de vivre comme lui-même l'avait longtemps fait, avant de se retirer pour écrire.

Cette divine surprise m'a donné l'envie de raconter l'amitié, plus cruelle et fatale encore, qui unit Cocteau à Picasso de 1915 à 1963. Le rôle du « bourreau » y est tenu de façon limpide par Picasso, lui aussi l'aîné de Cocteau de neuf ans. Son sadisme assumé vit dans le masochisme non dissimulé de l'écrivain un allié très sûr : lui qui avait besoin de vampiriser son entourage comprit très tôt que les souffrances de l'écrivain constituaient le ressort de sa créativité. Les périodes d'intense séduction purent alterner avec des phases d'agacement aigu, le couple se reforma toujours, un demi-siècle durant. L'indignation passée, chaque coup de griffe reçu engendrait chez Cocteau un désir accru de se rapprocher de Picasso.

Tout paraissait pourtant éloigner un peintre aussi concentré que Picasso d'un créateur aussi divers que Cocteau. Chacun enviait néanmoins les dons de l'autre et n'hésita jamais à lui « voler » ses trouvailles : nombre de ballets et de portraits, de décors et de costumes, de préfaces et de textes, naquirent de cette union ambiguë. Complémentaire quoique inégal, leur couple s'avéra increvable et leur contribution à l'esthétique du XXe siècle, décisive.

L'Antiquité aimait rendre en parallèle des vies de guerriers et d'orateurs afin d'éclairer leurs mérites respectifs. C'est autant leur psyché que Picasso et Cocteau révèlent, dans ce face-à-face fascinant. Leurs ressorts s'y montrent à nu, le zèle complimenteur de Cocteau se doublant d'une extralucidité envers un peintre pléthorique, tout comme le cynisme de Picasso se complique d'une admiration sincère pour l'intelligence et l'inventivité de Cocteau.

On se sent parfois mieux dans la conscience d'autrui que dans la sienne ; elle pèse moins et semble presque limpide. *On entre dans un mort comme dans un moulin*, disait Sartre ; entrons dans l'intimité de ces deux meuniers d'exception qui ne cessèrent de moudre mots et couleurs, de s'admirer et de s'agacer l'un l'autre.

Enfances de l'art

Fils du directeur du musée de Malaga, en Andalousie, Pablo Picasso suscite très tôt l'étonnement de son père. En le voyant sans cesse dessiner, alors qu'il sait à peine lire, cet amateur passionné l'encourage à poursuivre. L'enfant n'a pas huit ans qu'il réalise ses premiers tableaux, jugés assez prometteurs par Don José Ruiz pour que ce dernier partage avec lui ses feuilles au format raisin et l'inscrive en 1891 au lycée de La Corogne, où il prend un poste de professeur de dessin.

Ce géniteur faible et bon, sujet à la mélancolie et à la dépression, transmet à son aîné sa passion pour la corrida et les pigeons, qu'ils traduisent par des esquisses croisées. L'enfant intériorise ce modèle inespéré à travers des gestes-miroir et progresse si vite que son père lui confie le soin d'achever celles de ses toiles que le déclin de sa vue l'empêche de parfaire. La diphtérie que contracte Maria de la Concepción, la sœur bien-aimée du petit Pablo, décide du reste ; en voyant sa cadette de six ans souffrir le martyre, il prie Dieu avec ardeur et Lui jure de cesser à jamais de peindre si ses vœux de guérison étaient exaucés. Dieu l'ayant préféré à sa sœur, Pablo décide devant le cadavre de celle-ci de se consacrer à la peinture – il a tout juste treize ans.

Cette même année 1895 Don José, quarante-sept ans, se résout à lui céder ses pinceaux devant l'exactitude avec laquelle il a reproduit les pattes d'un pigeon mort qu'il a clouées sur une planche – c'est ainsi que le grand Picasso rendra compte plus tard de ses débuts légendaires, ajoutant qu'à cet âge, il dessinait *comme Raphaël.* Dans les faits, le père continuera longtemps de peindre et d'exposer et tiendra son fils comme un très bon élève, plus que comme un génie prématuré.

Don José ayant été recruté par la Llotja, une excellente école barcelonaise d'art et de design, Pablo est exceptionnellement admis à en passer le concours d'entrée alors qu'il a cinq ans de moins que la plupart des élèves. Bon copiste et formateur d'innombrables copistes, Don José l'encourage à fréquenter les musées, lui loue un atelier et préside encore en 1896 à la composition de sa toile *Science et charité*, où il pose pour la figure du médecin. Mais sa vue déclinant de façon inexorable, ce père honorablement doué cesse d'être le professeur de Pablo pour se faire son entraîneur personnel, et transfère sur lui ses ambitions frustrées : il ne lui servira plus de modèle qu'au sens *passif* du terme.

C'est donc le fils qui portera haut leur nom, comme il arriva parfois dans l'histoire de la peinture, des

Bassano aux Breughel. C'est Pablo qui signera des portraits – de son père entre autres – et des autoportraits d'une rare intensité comme *La tía Pepa*, en 1896, avant d'être admis à l'Académie des Beaux-Arts de San Fernando, centre du système officiel éducatif espagnol. Signe d'une inversion générationnelle précoce, Pablo Ruiz Picasso est à seize ans l'élève rêvé des meilleures écoles d'art d'Espagne.

N'ayant d'ambition qu'académique, l'adolescent ne s'applique encore qu'à illustrer la peinture narrative que son père lui a enseignée. Il copie les plus grands tableaux du musée du Prado avec une assiduité qui lui permettra d'assimiler nombre de maîtres d'autrefois et même de les « améliorer ». Il s'en prend encore en 1897 à une mode aussi *futile* que le pointillisme et montre le plus grand mépris pour l'impressionnisme, qu'il gardera toute sa vie.

Sa formation date donc, comparée à d'autres jeunes peintres d'alors. Pas un instant il ne remet en cause la figuration réaliste et les lois de la perspective, comme le font les pionniers de l'avant-garde. Regardant du côté du symbolisme expressionniste d'un von Stuck, il s'inscrit dans le sillage des maîtres en place et s'impose comme le plus talentueux des jeunes peintres pour vieux.

L'interventionnisme paternel commençant à lui peser, le jeune Pablo part à l'été 1898 pour Barcelone. Il a seize ans et l'héritage, à distance de son géniteur, s'avère moins fort que le tempérament. Le Malaguène se modernise au contact de la capitale catalane, haut lieu de l'avant-garde artistique et de l'essor industriel espagnols, et Don José perd de son prestige. Pour n'avoir jamais pris au sérieux sa propre vocation – il aurait préféré vivre de ses rentes –, il devient une sorte d'anti-modèle. Après avoir signé ses toiles du nom de Ruiz Blanco, celui de ce père déclinant, Pablo y ajoute celui de sa mère, *Picasso*, pour ne plus garder en 1901 que ce dernier ; le sublime *Yo Picasso*, peut-être son plus bel autoportrait, concrétise une émancipation que son départ pour Paris entérine.

S'il ne reverra plus son père, le lien n'est pas rompu pour autant. Don José continue à lui envoyer cadres et tubes durant toute la période bleue (1901-1904) où Picasso doit réutiliser la même toile pour s'exercer, faute de moyens. L'éloignement étant aussi esthétique, il engendre une forme clandestine de culpabilité. Convaincu d'avoir découragé son père de poursuivre, Picasso va même voir dans son double reniement une forme détournée de parricide : *En art chacun doit tuer son propre père*, dira-t-il.

Il gardera néanmoins de l'affection pour ce *raté bien-aimé*. Il veillera à l'aider matériellement, dans les périodes difficiles, et fera tout pour conforter le sacrifice que Don José lui a fait : sa propre réussite sera la meilleure preuve de sa gratitude. Il ira jusqu'à dire après guerre, alors que le Mouvement de la Paix apposait ses colombes sur tous les murs du monde développé, qu'il l'avait amplement *remboursé en pigeons*.

Pas question de parler d'hérédité pourtant, encore moins d'œuvre à quatre mains : Picasso juge désormais l'esthétique de son père trop passéiste pour qu'il reconnaisse sa dette. Ce dernier a pu lui transmettre le flambeau, lui seul est responsable de la flamme qui le consume depuis qu'il vit à Paris. De Montmartre à Arcueil, il s'imprègne de tout ce qu'il voit avec une avidité qui étonne. Il ne trouve plus seulement ses motifs dans les musées et les ateliers, comme en Espagne, mais dans la ville, sur les boulevards, au cœur même de la nature – précisément ce que les impressionnistes prônaient : *Je me promène dans la forêt de Fontainebleau. J'y attrape une indigestion de vert. Il faut que j'évacue cette sensation sur un tableau. Le vert y domine.*

Ce père dilettante le marque toutefois, en creux. Le peu de traces que Don José va laisser le convainc qu'on ne s'impose qu'au prix d'une obstination acharnée. *Les enfants miracles n'existent pas en peinture*, dira-t-il à Brassaï, son ami photographe, après avoir confié à Apollinaire qu'il ne croit qu'au travail, infirmant la légende du génie-né qu'il fera tout pour asseoir. Son acharnement à donner des preuves de sa créativité vient en bonne part de là. Sa compulsion aussi à conserver toutes ses esquisses, de neuf à quatre-vingt-onze ans, et la moindre trace de son passage sur terre – cartons d'invitation, tickets de cinéma, additions de restaurant… – il n'est pas le fils d'un directeur de musée pour rien. Comme si chacune de ces reliques avait potentiellement la valeur qu'aucune toile paternelle n'est parvenue à acquérir. Qu'il était prêt à user de tous les moyens pour combattre l'oubli qui menace la plupart des créateurs.

Don José a donc été bien mieux qu'un modèle, le repoussoir idéal. Il aura figuré l'homme que son fils *ne voulait à aucun prix* devenir – une élection souvent plus libératrice que celle d'un père triomphant. Le raté encouragea *a contrario* son fils à ne jamais se satisfaire de rien, pas même de ses succès. Picasso combattra non seulement les lois de la composition que Don José lui avait transmises, mais aussi son besoin d'embellir et d'idéaliser, de faire *joli et parfumé*, dont il témoignera pourtant jusqu'à la période bleue. Jamais il ne déviera de cet enseignement *à rebours*, même dans les périodes où il put paraître renouer avec une forme de classicisme. Il aura rompu avec la beauté, la tradition et la sentimentalité bien avant la mort de Don José en 1913, où il va si bien cacher ses émotions que sa famille croira qu'il n'en éprouvait aucune. Comme si cette disparition le libérait de toute dette.

Cocteau était aussi de ces êtres qui, à peine prennent-ils conscience d'eux-mêmes, se mettent en tête de sortir de l'anonymat. Lui aussi était le fils d'un dilettante, le doux et mélancolique Georges Cocteau, un avocat d'affaires ayant profité de l'étonnante stabilité du franc pour vivre dans les années 1880 en rentier. Ce père falot passait la journée devant son chevalet, dans la demeure belle-familiale des Lecomte à Maisons-Laffitte, ou dans le bric-à-brac d'un hôtel particulier dont son beau-père lui a cédé le second étage. Figurant d'une existence mise en scène par d'autres, il vit dans les deux lieux comme une pièce rapportée.

Georges Cocteau manque plus encore que Don José de détermination. La tutelle encombrante des toiles de Delacroix et des dessins d'Ingres que son beau-père collectionne l'empêche de croire exactement en lui. Jamais il n'ira jusqu'à composer un tableau, l'aquarelle lui suffit ; et les portraits au dessin qu'il fera de sa femme Eugénie et de son autre fils Paul ne sortiront jamais de la famille.

C'est ce géniteur effacé que le petit Jean, quand il rentre de l'école où il ne brille pas, regarde inlassablement peindre avant de nettoyer ses pinceaux pour mener au théâtre, au concert et à l'opéra une épouse infiniment plus sûre d'elle. C'est lui encore qui initie très jeune son fils au dessin en faisant plusieurs portraits de lui à la sanguine, la mine de plomb et au fusain. Guidé par ce dépressif qui se soigne en crayonnant, l'enfant apprend à figurer leur entourage et les musiciens qui viennent faire de petits concerts chez eux. Il est assez doué pour que son grand-père collectionneur lui achète ses premiers dessins afin de compléter son argent de poche. Il copie son père, mais c'est sa mère qu'il voit comme son modèle et son double, non cet humble prince consort qui vit à contrecœur et dont l'autorité défaille, dès qu'il s'agit de sermonner le cancre indiscipliné.

Jean témoigne déjà d'une réelle habileté manuelle et d'un sens aigu de la ressemblance. Avec des ciseaux, de la colle et du carton, il improvise des décors pour les pièces que ses parents vont voir et s'inspire des caricaturistes à succès de la presse pour croquer leurs invités. Sa précocité s'accompagne d'une forme de nervosité qui inquiète une famille traversée par des rêves artistiques mais bien trop bourgeoise pour accepter l'anomalie. Caméléon-né, Cocteau est capable de prendre les couleurs de tout ce qu'il voit, et chacun l'y encourage : acte fondateur de toute esthétique, l'imitation des maîtres est jugée cruciale. Chaque année, les nations européennes expédient leurs meilleurs élèves dans les Académies qu'elles entretiennent à Rome afin qu'ils prennent exemple sur Raphaël et Poussin, l'*Hercule Farnèse* et le *Laocoon*. Il est certes admis que les Modernes puissent se hisser au niveau des Anciens en laissant une œuvre singulière, mais l'imitation reste la mère de toutes les vertus. Si Michel-Ange demeure le créateur absolu, c'est aussi parce qu'il sut emprunter à des collectionneurs des dessins de maîtres anciens et en faire des copies si parfaites qu'il les restituait en lieu et place des originaux, qu'il gardait pour lui. Le génie trouve encore sa légitimité dans son aptitude à reproduire le passé.

Cocteau n'a pas huit ans quand un peintre fait son entrée dans le cercle familial. Autrefois l'élève de Gérôme, chef de file des Pompiers, Joseph Wencker fréquente assidûment les petits concerts privés de

Maisons-Laffitte et signe deux portraits de sa mère, dont il devient l'intime. L'arrivée de ce peintre professionnel, ambitieux et sûr de lui, révèle au jeune Jean les limites de son père. Elle accuse en même temps l'exil intérieur d'un homme qui perd là les derniers attributs de sa souveraineté. Le 5 avril 1898, la promenade que le petit Jean fait avec sa cousine est brusquement interrompue par des cris provenant de la maison familiale : son père gît sans vie dans le lit matrimonial, à tout juste cinquante-cinq ans.

Georges Cocteau tenant toujours ses promesses, Jean se refuse à croire à la mort de celui qui lui avait juré la veille de lui rapporter son appareil photographique en réparation. Il se remet à jouer comme si de rien n'était, tout comme la famille Lecomte reprend ses rites après avoir maquillé le suicide afin d'offrir des obsèques religieuses au désespéré – une consigne si bien suivie qu'on cessera vite de l'évoquer. Georges Cocteau subodorait-il une liaison entre sa femme et *l'autre* peintre ? Sous l'anonymat du *Livre blanc*, confession d'un homosexuel fier de l'être, Cocteau suggérera en 1928 que les préférences érotiques de son père étaient proches des siennes. *Sans doute ignorait-il sa pente et au lieu de la descendre en montait-il péniblement une autre sans savoir ce qui lui rendait la vie si lourde*, dira-t-il en précisant : *à son époque on se tuait pour moins.*

Il parlera très peu de ce père parti sans un mot. Aussi discret que le *silencieux fantôme* de *Conte simple*, un poème qu'il dédiera à son frère, Georges Cocteau restera l'angle mort de sa vie : jamais plus il ne l'évoquera avec sa mère et il lui faudra attendre les années 1950 pour faire état de son existence passée dans son journal. Ce n'est qu'à l'approche de sa propre mort qu'il s'autorisera à évoquer la balle que son père se serait tirée, dans le silence de la chambre conjugale, ou la gorge qu'il se serait tranchée au rasoir. *Si nous effaçons M. Forestier*, dit-il du père du héros du *Grand Écart*, son roman le plus autobiographique, *c'est qu'il s'effaçait lui-même. Jeune, il souffrit d'un démon analogue au démon qui tourmente Jacques. Il l'avait maté par l'étude et le mariage. Mais un démon se mate difficilement.*

Les traits de Georges Cocteau étaient si français que son fils, en croisant dans les miroirs ses cheveux noirs, son teint bistre et les yeux oblongs qui lui donnent un côté arabo-hindou, se pose des questions : comment un être aussi étrange aurait-il pu naître d'un père aussi discret, dans une simple famille d'agents de change originaire du Havre ? Il s'imagine plutôt l'enfant oublié d'un archéologue menant des fouilles en Perse ou d'un lointain prince oriental, et « tue » une seconde fois le rentier qui lui a officiellement servi de père. Une cigogne venue du pays de Schéhérazade l'aurait-elle déposé dans les troènes de Maisons-Laffitte ? Tout semble possible à cet amateur de contes et légendes, à une époque qui lit les *Mille et Une Nuits* avec passion et court aux bals persans du couturier Paul Poiret. Le mécanisme créateur qui le poussera à réinventer sans cesse sa vie l'encouragera aussi à s'envisager comme un être hors du commun, apte à prendre bien d'autres formes que celle d'un petit Parisien de 1905. Ce Protée va désormais remplacer le suicidé auprès de sa mère, à l'opéra ou au concert.

Il se sentira toute sa vie responsable de la disparition de son père, par contrecoup. Comme s'il se reprochait à demi-mot d'avoir expulsé Georges Cocteau de sa généalogie pour mieux lui « voler » sa vie sociale. Son œuvre regorgera de pères falots et de fils ignorant toute borne, régulièrement tentés par le suicide eux aussi. Précipitée par une mort qui ne lui doit rien mais qui alimente une lancinante culpabilité, elle sera hantée par la figure d'Œdipe, l'héritier qui se crève les yeux en réalisant qu'il a tué son père et épousé sa mère. L'inverse de Picasso, qui tire sa force d'un parricide commis *en toute lucidité* et associe son essor personnel au meurtre symbolique de Don José.

Le suicide de Georges Cocteau va pourtant s'avérer un atout pour son fils. Recalé trois fois au bac, le jeune Jean décide de sortir du cadre scolaire pour devenir le peintre que son père rêvait d'être mais aussi l'un de ces écrivains que sa mère croise ici ou là et dont il dévore les livres. Prévenu comme Picasso contre les velléités paternelles, il oublie l'amateur qu'il aurait pu *aussi* devenir pour se changer en un travailleur acharné qui ne cessera plus de dessiner et d'écrire, même dans les pires moments. Il montrera la même insistance que Picasso à signer ses dessins, dédicacer ses livres ou « tatouer » les murs qui l'hébergent, soixante ans durant. Comme s'il lui fallait aussi exister à tout prix pour contredire un père n'accordant aucune valeur à sa vie.

À douze ans, le jeune Jean croque sur le vif les célébrités qu'il croise avec presque autant de talent que Sem et Cappiello, les caricaturistes de la Belle Époque, et montre des dons frappants pour le piano. Entouré de ses maquettes en papier mâché et de ses patrons de robe en crêpe, il crée à tout-va, saynètes bouffonnes, pièces de boulevard, micro-drames – aucune forme ne suffisant à exprimer l'étendue monstrueuse de sa sensibilité. La flamme qui brûle en lui jusqu'au plus clair de la nuit fait battre son cœur et ses tempes, dès qu'il paraît en public. Qu'il triomphe et il se sent l'élu des dieux. Qu'il déplaise et la terre se dérobe sous ses pieds.

Il souffre d'un besoin *maladif* de reconnaissance. Il rêve qu'un lys lui pousse dans la bouche afin de désigner à tous l'exception qu'il incarne. Ses doigts de pianiste lui valent l'admiration des amies de sa mère, qui rêvent d'un enfant aussi doué, mais plaire ne lui suffit déjà plus, il lui faut subjuguer : à quinze ans, il apprend en une semaine le rôle du vicomte dans le *Triplepatte* de Tristan Bernard et le joue devant les résidents d'un hôtel suisse qui l'acclament. Un an plus tard, il achève sa première pièce grand format et projette à dix-huit ans une tragédie sur Midas, le roi changeant tout en or auquel Picasso sera souvent comparé.

Comme Don José, Eugénie Cocteau ne valorise que les artistes en place et les vieilles gloires. Elle admire des monstres sacrés hors d'âge, dont Sarah Bernhardt, qui incarne encore l'Aiglon à près de soixante-dix ans. Être prestigieux pour elle, c'est avoir une barbe à la Landru et des rides de croulant. Les premiers modèles littéraires du jeune Jean, tel Anatole France, ont donc près de cinquante ans de plus que lui ; et si la fameuse Anna de Noailles, comme Marcel Proust l'inconnu, a l'âge d'être sa mère, sa façon d'écrire la rattache clairement au XIXe siècle défunt. *Le Prince frivole*, ce recueil de poèmes qui le consacre à l'âge de vingt ans, aurait pu être écrit vingt ans plus tôt : Cocteau mettra comme Picasso longtemps à être jeune, artistiquement parlant.

Son aptitude à imiter les façons de dessiner ou d'écrire de ses aînés lui fait perdre tout complexe, en attendant. Après six mois passés aux pieds d'Anna de Noailles, il compose des vers du même tonneau, forme ses lettres comme elle et avec la même encre violette. Il peut contrefaire les manières odieuses du comte Robert de Montesquiou, l'arbitre des élégances, aussi bien que les récriminations gémissantes de Proust, sans autre but que le plaisir d'égaler ses modèles. Il lui suffit de reproduire pour assimiler et avoir l'assurance d'avoir dépassé son maître : l'aquarelliste Jean Hugo le verra encore passer des heures à déformer des illustrations calquées dans des revues, dans les années 1930.

Ses imitations sont si convaincantes et si intense son plaisir à se faire passer pour autrui qu'il s'imagine capable de tout devenir. Son père s'est délibérément réduit à rien ? Il sera *tout* aux yeux de sa mère et du monde. Il séduira hommes et bêtes à la façon d'Orphée, le barde qui restera jusqu'au bout son modèle. Il enrage quand on ne lui reconnaît pas des dons surhumains et sinon crève d'orgueil. N'est-ce pas à leurs métamorphoses incessantes qu'on reconnaît les dieux ?

Tout en lui est bizarre, en même temps. Ses cheveux poussent de travers, ses dents sont mal plantées. Il souffre d'allergies irrésistibles, d'abcès dentaires et d'insomnies répétées qui déroutent les médecins. Les moindres variations dans l'atmosphère affectent ses antennes et libèrent en lui des forces incontrôlables. Né la même année que la tour Eiffel (1889), il capte d'instinct l'air du temps et se tient *toujours prêt à communiquer intelligemment aux autres les influences qu'il avait eu lui-même l'intelligence de subir*, comme le critique d'art André Fermigier l'écrira. Aussi insaisissable qu'imprévisible, il fait penser à un homme-bobine : capable de se dénouer sur commande pour se reformer *autrement*.

Si sa porosité à autrui permet à Cocteau d'emprunter un peu toutes les formes, il n'en conserve aucune. *Il se mettait aussitôt à la place de son interlocuteur, souffrant de ses faiblesses, de ses manques, de ses laideurs*, affirme dans ses souvenirs le nain Piéral, que Cocteau fit tourner dans *L'Éternel Retour*. Il *participait à ce point à la vie d'autrui qu'il devenait la jeune mariée à un mariage, le petit baptisé à un baptême, le mort à l'enterrement d'un ami*, ajoute dans ses Mémoires le musicien Henri Sauguet. Est-ce parce qu'il est attiré par les hommes et a été initié par un lad dans les écuries de Maisons-Laffitte ? Il se voit si différent de ses petits camarades qu'il compare son apparition sur terre à celle de l'ange Gabriel tendant à Marie un lys pour lui annoncer la Bonne Nouvelle.

Cette aptitude à se glisser dans chaque être, à reproduire sa langue et à imiter ses gestes ; cet *enthousiasme* qui désignait, dans le monde antique, le délire sacré saisissant l'interprète de la divinité ; la transe dans laquelle il entre à chaque fois qu'il écrit, dessine ou danse… Il est un fragment détaché du Créateur, l'un des organes terrestres par lesquels Il délibère en permanence afin d'*améliorer* sa création.

La machine à coudre et le parapluie

Si Picasso rompt avec l'académisme paternel, une fois à Paris, sa peinture reste « réaliste » durant ses périodes bleue et rose – Pierrots tristes, filles faciles, Arlequins polychromes et mères allaitantes. Il a encore besoin d'engloutir des tombereaux de peintures pour peindre, de « boire » les maîtres pour guider sa main – *Lorsque Picasso avait regardé un dessin ou une gravure, j'étais surpris qu'il reste quelque chose sur le papier*, dira Leo Stein, son premier collectionneur. Il avance par phases d'imitations contradictoires afin de se dépasser : Cocteau parlera de Picasso-Nattier et de Picasso-Chardin, il y eut aussi des Picasso-Toulouse-Lautrec, -Gauguin et -Douanier Rousseau. *C'est en se rendant familières les inventions des autres qu'on apprend dans l'art à s'inventer soi-même*, dira-t-il ; il le confirme en achevant de digérer une pléiade de monstres sacrés pour devenir, non plus le fils du directeur du musée de Malaga, mais bien Pablo Picasso.

Or peindre n'est pas seulement rendre ce qu'il voit, c'est « dire » aussi quelque chose, à ses yeux. Et Max Jacob, le premier auteur à écrire sur son travail après l'avoir initié à la poésie, reproche à ses tableaux de vouloir trop signifier, de trop rester sous l'influence symboliste. Découvrant l'art primitif des Cyclades et les poupées peaux-rouges du musée d'ethnographie du Trocadéro, frappé par la structure anguleuse de masques qui lui font sentir le génie de l'Afrique, Picasso s'avance vers ces continents méconnus. *Je regardais les fétiches, et j'ai compris : moi aussi je suis contre tout*, confirmera-t-il dans un échange tardif avec André Malraux.

Les tableaux de Cézanne et de Matisse comme les statuettes ibériques du Louvre achèvent de le pousser vers une géométrisation déroutante, laquelle débouche en 1907 sur *Les Demoiselles d'Avignon*. Inspirée par ses virées au bordel barcelonais de la rue d'Avignon, la toile représente cinq femmes quasi nues aux corps schématisés. Peu vue, sinon par son entourage effaré – *Il va se pendre derrière son tableau*, assure Derain – *Les Demoiselles* ouvre la voie au cubisme, que Braque et Picasso vont maintenir sans faillir de 1907 à 1913. Mais leur obstination à introduire dans leurs « toiles » des morceaux de *réalité* – papiers journaux, cartes à jouer, ronds de bière – ne suscite encore que fureur ou moquerie.

Quoique menée à quatre mains, cette nouvelle manière de figurer le monde doit beaucoup à l'obstination de Picasso d'aller au cœur des formes. En démontant une guitare, il éprouve l'excitation de l'enfant extirpant les ressorts du jouet qu'on lui a offert ou de l'ethnologue défaisant un *paquet congo* chargé de clous, de cauris et de paille provenant d'un temple vaudou. Initié dès l'âge de quatorze ans aux bordels par son ami Pallarès, il associe d'instinct virilité et créativité, peint et sculpte en prédateur. Mené par son cannibalisme optique, le peintre le mieux formé de son temps ouvre avec Braque une boîte de Pandore que personne ne pourra plus refermer. Après avoir longtemps œuvré pour le plaisir de l'œil, les peintres apprennent à travailler à déplaire et choquer.

Cocteau évolue plus lentement. Célébré dès ses dix-huit ans par De Max, l'acteur vedette de la Belle Époque, qui déclame ses poèmes au théâtre Femina, largement fêté dans les salons parisiens, qui le traitent en prodige, il navigue encore en virtuose sur des courants porteurs et se fait applaudir pour son aisance à rafraîchir des formes éprouvées. Il faudra la musique brutale de Stravinsky, la chorégraphie hiératique de Nijinski et les décors barbares de Roerich, lors de la première en 1913 du *Sacre du printemps* par les Ballets russes, pour lui faire pressentir l'existence d'un continent de sons et de formes inouïs. Issu d'un milieu acclamant *ce qui se fait*, il découvre l'audace de créateurs ambitionnant de montrer *ce qui se fera*. Soudain conscient de chanter les airs d'hier, celui qui aime se surnommer le *Coq-tôt* s'ouvre à la poésie déroutante d'Apollinaire, la référence des troupes clairsemées de l'avant-garde, et lit assidument sa revue *Les Soirées de Paris*, où des poèmes de Max Jacob répondent aux gravures de Picasso.

Lui qui se moquait quelques mois plus tôt des cubistes, dont il ignorait presque tout, découvre l'étendue du retard qu'il a pris. Craignant de vieillir en page de l'arrière-garde, il s'abonne à *Nord-Sud*, la revue que vient de lancer Reverdy, où les peintres de Montmartre croisent les poètes de Montparnasse, et travaille à se refaire une esthétique. Il se gave de sucre afin de rêver plus souvent durant son sommeil, comme le lui a suggéré Stravinsky, à qui il propose un projet de ballet. Déjà il imite cruellement Anna de Noailles chez Misia Sert, la protectrice des Ballets russes.

C'est tout le vieil algèbre formel qui se met à branler, en cette année 1913. Kandinsky signe ses premières toiles abstraites et Cendrars fait courir son *Transsibérien* dans une prose laissant entendre les saccades du train. Duchamp présente à l'Armory Show de New York son *Nu descendant un escalier N° 2*, composition cubo-futuriste qui ne montre aucun nu, et Apollinaire supprime la ponctuation dans ses *Alcools* avant d'annoncer la fin de la syntaxe. *Tout nous prouve que l'on va à un cataclysme, même le petit Cocteau, avec sa jeunesse, dit qu'il le sent*, affirmait un an plus tôt le peintre Jacques-Émile Blanche dans son journal. Les plus superstitieux datent leur courrier 1912+1, le 13 étant de trop mauvais augure.

La guerre achève de convaincre Cocteau de l'inutilité de voir ériger son buste dans une galerie près de fermer. Pris par la fièvre patriotique, il tente de se faire enrôler mais n'obtient qu'une affectation administrative dans une caserne parisienne. Il redouble en 1915 d'efforts pour entrer en contact avec Picasso, convaincu que cet aîné de huit ans détient la clef du séisme en cours. Il commence par lui envoyer de précieuses rations de tabac, le harcèle sous divers prétextes, enfin obtient le rendez-vous tant espéré.

La rencontre manque de naturel, dans l'atelier de la rue Schœlcher. Soucieux de se montrer moderne, Cocteau n'apprécie pas la copie de la frise du Parthénon qui orne l'escalier et s'interroge sur les masques nègres qui jonchent la verrière donnant sur le cimetière du Montparnasse. Les dizaines de tableaux qui s'entassent trahissent une activité déroutante : rien n'évoque la rigueur cubiste dans ce bric-à-brac de mégots et de déchets, de palettes maculées et de tubes de gouache, de papiers découpés et de tickets de métro poinçonnés. Le premier à juger en 1912 que le cubisme devenait *emmerdant*, Picasso cherche de nouveau à *s'amuser* – il se lasse vite de ses propres trouvailles. Avec sa dilection pour les rebuts de la vie, il se présente à Cocteau moins comme un peintre que comme *le roi des chiffonniers*.

L'œil noir et railleur, le corps trapu et tassé, l'Espagnol fixe son cadet – il a trente-six ans et l'écrivain vingt-quatre. Maîtrisant mal le français, après quinze ans passés à Paris, il se tient coi sur ses jambes, bras croisés, et laisse la phalène Cocteau s'agiter. Il le soumet à ce regard implacable qui sonde les hommes et dénude les femmes, à cette *mirada fuerte* qui agit sur tous comme une décharge. *À quoi tu sers ?* semble-t-il se demander avec l'autorité de l'inventeur devant un intrus ayant un passé à faire oublier. Le malaise, palpable, affecte jusqu'à Varèse, le musicien qui sert d'intermédiaire.

Aussi méfiant que Cocteau se fie à ceux qu'il veut ensorceler, Picasso s'exprime peu. Il préfère laisser les autres se découvrir – *ils parlent, je travaille*, dit-il. Il s'économise tandis qu'ils se fatiguent avant de tirer les marrons du feu. Que pourrait-il attendre de ce transfuge encombrant dont il sent à l'inverse qu'il a besoin de lui pour passer sur la rive gauche ? Si Cocteau se définira comme un mensonge qui dit la vérité, Picasso est un mutisme qui oblige chacun à l'interpréter. Il s'arrange pour que les autres aient besoin de lui, même quand il en attend quelque chose. Échappant aux lois habituelles de l'offre et de la demande, il semble ne jouer aucun rôle, tout juste exister – *Il paraissait plus réel que la plupart des gens*, note Leo Stein. Une telle charge émane de lui qu'on murmure déjà la liste de ceux qui se seraient suicidés dans son entourage, rapins dépressifs ou décadents stériles, sans qu'il ait rien fait ni pour eux, ni contre eux.

Cocteau était habitué aux arabesques et aux chinoiseries des vedettes du Paris 1900. Mais Picasso est l'un des rares créateurs à posséder d'instinct cette sauvagerie que la modernité requiert – le contraire d'un Proust, dont Cocteau commence à moins supporter les chicanes épuisantes et le masochisme agressif. *Il n'est pas discours, il est formule. Il se ramasse et se sculpte en objets*, dira-t-il du peintre. Mais lui-même est si véloce et brillant qu'il parvient à vaincre les réserves de Picasso.

Sa pensée ne se condense pas aussi brutalement que celle du Malaguène, mais elle s'accompagne d'un sens éblouissant de l'image que Picasso lui envie déjà. Ses anecdotes éclairent de façon comique ce qu'une grande intelligence tend parfois à obscurcir, et le peintre aime qu'on lui rapporte les rumeurs du monde dans son atelier. L'agilité de Cocteau à tordre les concepts valant celle de Picasso à vriller les fils de fer, une égalité de brio s'instaure : le premier plante si bien ses phrases que Picasso le surnomme *Banderillero*, ce dernier s'entendant appeler le *prince Pablo de Picasso*.

Le regard du peintre se fait enfin rieur à mesure que Cocteau se livre à des confidences, il aime qu'on s'expose à la terrible lumière de son soleil. Sensible aux cadeaux que l'écrivain dépose chez sa concierge et aux flatteries éhontées qu'il lui prodigue, avec son génie à fabriquer un rapport à partir de peu, Picasso se réjouit d'apprendre que son génie va être célébré dans des articles jusqu'en Amérique. Il pressent non seulement le critique capable d'analyser son œuvre – Cocteau percevait déjà cet œil *qui de profil a l'air d'être de face* dans le visage d'Anna de Noailles – mais un agent de publicité d'exception.

Pour bien travailler, Picasso a besoin d'un atelier qui l'isole du monde, d'une femme qui conforte son être et d'un écrivain apte à vanter ses exploits. Tels ces souverains anglais que depuis le Moyen Âge un poète-lauréat accompagne afin de témoigner de leur règne, saison après saison, il aime sentir qu'on réfléchit à ce qu'il fait, lui-même n'en ayant pas toujours le temps. Il préfère en outre s'entourer de poètes que de peintres, dont il estime n'avoir plus grand-chose à apprendre. Esseulé depuis la mort d'Eva, sa jeune compagne, l'enrôlement sur le front de Braque, son siamois en cubisme, et d'Apollinaire, son critique attitré, il a besoin d'un barde mais aussi d'une boîte à idées. Et Cocteau semble apte à remplir les deux fonctions conférées jusque-là à Max Jacob et à Apollinaire : sa pensée se fait dans la bouche, comme celle de Picasso entre l'œil et la main.

Ce pur produit de la rive droite présente un autre avantage : il excède l'étroitesse d'une bohème dont Picasso commence à pressentir les limites, avec ses ivresses obligées. Entravés par leur puritanisme, les rapins de la Rotonde tiennent encore l'échec pour le garant de leur génie, or Cocteau incarne une relève rafraîchissante, avec son goût affiché pour le succès. Théâtre, ballet, musique, couture, ce Parisien au carré touche à tous les arts avec une aisance intrigante. Et cette virtuosité achève de convaincre Picasso de prendre ce fusil à formules comme poète-lauréat.

Cocteau tente un coup de force à l'automne 1915, en apprenant qu'il est appelé à rejoindre le champ de bataille comme ambulancier. *Il faut vite peindre mon portrait, parce que je vais mourir*, écrit-il à Picasso sous prétexte d'illustrer l'édition *posthume* de son œuvre.

Il a beau le menacer de le haïr en cas de non-réponse, Picasso n'a toujours rien fait quand il rejoint en décembre son régiment de fusiliers marins à Nieuport, en Belgique. Comme si ce chantage à la mort ne touchait pas plus le peintre que cette guerre, qu'il regarde de loin : le pacifisme sera la seule constance idéologique de ce ressortissant d'un pays étranger au conflit.

Le front achève de moderniser Cocteau. Il découvre à son tour le génie de l'Afrique à travers la croyance aveugle des tirailleurs sénégalais dans leurs grigris, leur aptitude à danser sur les ruines et leur aura érotique, qu'il capte avec son appareil photo. Le conflit le convainc de la brutalisation en cours et de l'absolue nécessité d'accomplir une mue que personne mieux que Picasso ne semble pouvoir inspirer. Gage de radicalité, le peintre l'est aussi d'avenir : s'immiscer dans son œuvre, c'est prendre rendez-vous avec la postérité.

Cocteau reprend sa danse des sept voiles dès sa première permission parisienne, où il se rend en costume d'Arlequin, sous son trench-coat militaire, dans l'atelier de Picasso. C'est un aveu pour lui, qui parle de sa peau comme d'un *costume fantaisie* et qui a déjà eu droit à un portrait en uniforme, réduit à des facettes d'Arlequin par le peintre Gleizes. C'est aussi un miroir qu'il tend au changeant Picasso, lequel recommence à peindre des Arlequins cubistes dix ans après avoir brossé des saltimbanques en série. Comme si ce patchwork vestimentaire était l'allégorie de leurs destinées : *Votre Arlequin portait déjà/ Le cubisme dans ses losanges*, écrira-t-il dans *Embarcadères*.

Mais Picasso n'aime guère faire des portraits d'hommes et déteste se voir forcer la main. Il n'effectuera donc pas celui de Cocteau qu'il aurait néanmoins esquissé, avant de le recouvrir d'un simple Arlequin anonyme[1]. Alors qu'il a déjà inspiré trois poèmes à Cocteau, *Une toile de Picasso*, qui restitue la composition de ses papiers collés où tant d'objets se télescopent – bouteille de vin, paquets de tabac, coupures de presse… –, *Rue Schœlcher*, qui rend le désordre de son atelier, avec sa guitare, son Arlequin, sa bouteille de bière et son anisette, enfin *La Dame en bleu de Picasso*, qui se veut la traduction typographique d'une toile.

Mais ni les reproches ni les pressions ne déstabilisent Picasso. On trouve peu ressemblant son portrait de Gertrude Stein, la sœur de Leo ? Il assure qu'elle s'arrangera vite pour lui ressembler – ce qu'elle fera. Doté d'une rare inaptitude au sacrifice, il est fait pour prendre, non pour donner, et se tient prêt à tout pour protéger son œuvre. Qu'importe si Cocteau insiste pour le tutoyer, dans les billets qu'ils échangent : il continue de le vouvoyer.

Cocteau serait-il tombé dans ce que les zoologues appellent les *exagérations de précaution*, en évoquant ces parades exécutées par les espèces mimétiques qui parfois provoquent l'inverse de l'effet recherché – l'exhibition de leurres censés séduire le prédateur redoublant son agressivité ? Il ne se décourage pas, en repartant pour le

1. Aujourd'hui au MoMA de New York.

front. Il décide de se mettre à ce qui deviendra *Le Cap de Bonne-Espérance*, un poème qui doit parachever sa conversion à l'avant-garde. Il n'y chante plus les dieux de l'Olympe, comme auprès d'Anna de Noailles, mais les avions, les gratte-ciel et les dirigeables. Son écriture s'électrise : *Toutes les roses perdent leurs joues/ sur le tapis combien de masques*, écrit-il dans *Locutions*.

Choqué par les morts qu'il convoie chaque jour dans le secteur franco-belge de Coxyde, il rentre du front au printemps 1916 pour retourner rue Campagne-Première. Picasso lui fait cette fois meilleur accueil. Il l'aide à franchir une frontière aussi bien gardée que les tranchées belges, celle qui sépare les deux rives de la Seine, et l'introduit parmi les rapins de Montparnasse. Beaucoup étant d'origine étrangère, ils ne s'estiment pas concernés par le conflit – la patrie est une notion étrangère au mouvement moderne. Ils ne s'y intéressent à l'occasion que pour tenter d'en capter l'énergie inhumaine, à l'image des futuristes italiens.

La réputation de pillard de Picasso s'ajoutant aux réticences que Cocteau suscite, les Montparnos ne leur entrouvrent leur atelier qu'après avoir cadenassé leur dernière trouvaille. *Il va me prendre ma façon de peindre les arbres*, dit l'un. *Il va me prendre le siphon, que j'ai introduit dans la peinture*, se plaint l'autre. Les loups entrent dans la serre esthétique où les disciples attardés de Braque, de Gris et de Picasso lui-même cultivent les produits de leurs greffes. Tous sont prévenus que ce dernier, s'il sait chanter en chœur avec les oiseaux, peut aussi les manger tout crus. *S'il y a quelque chose à voler, je le vole*, confirme Picasso.

Le cubisme a beau avoir rompu avec la perspective, la ressemblance et la polychromie, l'imitation des plus audacieux reste de mise et la guerre entre « inventeurs » et « suiveurs » fait rage. Jamais la notion de « propriété artistique » n'a été aussi sensible que dans ces laboratoires à ciel ouvert que sont Montmartre et Montparnasse. L'on s'y espionne et se pille sans vergogne, convaincu que l'invention d'untel pourrait être bien mieux exploitée par unetelle : *La propriété c'est le vol*, assurait Proudhon.

Du moins Kisling, le moins sectaire des Montparnos, accueille-t-il à bras ouverts Cocteau. Il le portraiture en nœud papillon et en guêtres, les mains sagement posées sur les cuisses, tandis que Modigliani esquisse son visage au crayon. Le 1er mai enfin, c'est Picasso qui fait un portrait en uniforme de Cocteau en lui prêtant des traits doux et tristes, au bord de l'effacement. Un dessin crayonné *à la manière d'Ingres*, assure le modèle – ce n'est pas vraiment le cas –, qu'il montre avec fierté à ses nouveaux amis de la Rotonde mais aussi à Proust, lequel le voit éclipser les figures de Carpaccio avec *sa rigidité si noble*. Heureux d'intégrer une « galerie » comportant déjà les portraits de Max Jacob, Apollinaire et Salmon, Cocteau le fait aussitôt imprimer pour officialiser ses débuts dans l'avant-garde.

Il avait soumis un an plus tôt à Stravinsky un projet de ballet destiné aux Ballets russes de Diaghilev.

Le musicien n'ayant pas donné suite à ce « David », il décide d'en reprendre le livret, rebaptisé *Parade*, et presse cette fois Erik Satie d'en écrire la musique avant de proposer à Picasso d'en créer les décors et les costumes. Alors que ni le compositeur des *Trois morceaux en forme de poire* ni le peintre des *Demoiselles d'Avignon* n'ont jamais travaillé pour le théâtre et le ballet, ni montré d'intérêt particulier pour ces derniers. Et alors que l'avant-garde voit l'impresario à bagouzes qu'est Diaghilev comme un amuseur pour richards et que les cubistes ont mis un veto contre les arts du spectacle – *Peindre un décor, c'était un crime*, rappellera Cocteau.

Ce dernier a pourtant confiance. Il a pour lui l'expérience du *Dieu bleu*, dont il a écrit le livret et en partie réglé la chorégraphie pour les Ballets russes, et la pratique assidue de leurs spectacles, dont il suit régulièrement les répétitions. L'intrigue de son nouveau ballet se résume aux petits numéros qu'exécutent, sur la galerie extérieure d'un théâtre des boulevards parisiens, un prestidigitateur chinois, un acrobate et une jeune danseuse américaine afin d'attirer dans la salle la foule qui déambule sur les trottoirs. Mais le public ne verra jamais le spectacle annoncé, le ballet se réduisant à cette seule parade – une pirouette révélatrice du désir de déconstruction de l'avant-garde.

Satie a commencé d'esquisser un pot-pourri musical où une mélodie chinoise rivalise avec des airs de *ragtime*. Mais Picasso fait encore une fois attendre sa réponse.

Il est vrai que la scène du Châtelet, où les Russes comptent se produire, a de quoi intimider, elle est la plus profonde de Paris. La guerre ayant vidé Montparnasse, Picasso pressent pourtant que les places ne seront pas toujours vacantes. Il a assez mangé de vache enragée pour savoir quel atout la popularité des Ballets russes représente. Convaincu qu'une œuvre a besoin de succès pour s'épanouir, il veut être reconnu *de son vivant* et non finir comme Gauguin ou Van Gogh, misérable et incompris. Il se résout à dire oui en août 1916 – une trahison pure et simple pour les cubistes. *Picasso mue*, s'exclame Cocteau.

Certains mettent l'écrivain en garde contre le risque de se voir voler son idée par le peintre, mais la bonne nouvelle empêche Cocteau de s'arrêter à des soupçons aussi mesquins. Il est convaincu que Picasso, avec qui il en est revenu au « vous » dans des lettres signées *votre élève*, aura besoin de s'appuyer sur son expérience pour réussir son passage au théâtre. N'effectue-il pas le même trajet vers la droite artistique que lui-même vers la gauche ?

Plus qu'un ballet, Cocteau rêve d'un spectacle capable de réunir la peinture, la danse et la mimique pour retrouver l'émotion qui émane des bals populaires. Un objectif qui convient au penchant picassien pour les acrobates, les Pierrots, les macaques et les clowns. Reprenant une idée du musicien futuriste Russolo, Cocteau souhaite encore intégrer à la partition musicale des bruits mécaniques – sirènes de pompier, corne de brume de bateau, coups de pistolet –, afin de faire entendre les rumeurs de la grande ville. Il esquisse en même temps une chorégraphie qu'il souhaite plus *populaire* que les épures rigides de Nijinski et aussi éloignée du ballet traditionnel que la peinture de Picasso l'est des toiles de Bouguereau-le-pompier. Réfléchissant aux costumes, aux décors, aux textes et sous-textes, appelant Picasso et Satie *mes collaborateurs*, il incarne des mois durant *Parade*.

De retour de leurs séances de travail dans un Paris vidé par le couvre-feu, le peintre et le musicien sympathisent. *Picasso est épatant ! J'en rote*, confie Satie, sur ce ton déroutant qui lui fait donner rendez-vous au café en précisant : *Je serai dans l'intérieur, comme la volaille*. Mais Cocteau aimerait conférer à ses personnages une mélancolie poétique – celle des cirques en tournée. Et ses plans ne cadrent plus trop avec ceux du peintre qui, hostile à tout pathos, veut brutaliser leur histoire et lui demande d'introduire des *managers* grossiers et un gigantesque cheval afin de réduire ses personnages à de simples figures de cartes à jouer.

Le zèle de Cocteau à célébrer Picasso aurait-il convaincu ce dernier qu'il est plus apte à mener *Parade* que lui ? Ayant obtenu par contrat d'en assumer *aussi* la mise en scène, le peintre réécrit l'argument de Cocteau en le dégraissant de ses dialogues et en l'affranchissant de ce symbolisme dont il a tant peiné lui-même à se défaire. Satie, qui suivait jusque-là Cocteau, se montre soudain plus exigeant. L'initiative de Picasso réveille la mégalomanie d'un musicien dont l'alcoolisme rend l'humeur imprévisible : pourquoi, à cinquante et un ans passés, devrait-il obéir à Cocteau, cette émanation de la rive droite impatiente de s'imposer à l'avant-garde dont lui-même est le pur produit ?

La lutte se fait âpre, entre ces ego exacerbés. Et peut-être tout se serait-il arrêté là sans la détermination de Picasso à faire plier Cocteau. Contraint de s'approprier les *managers* du peintre, le librettiste finit par se persuader qu'ils sortent en droite ligne de son *Potomak*, une fantaisie illustrée qu'il s'apprête à publier. Il leur écrit des dialogues qui devront être « crachés » par des doublures dissimulées dans la fosse d'orchestre. Mais Picasso persiste à refuser toute parole et Cocteau doit encore céder : ces trois supplétifs en seront réduits à crier de grosses réclames pour le bouillon Kub durant les pauses musicales.

Satie s'en prend alors aux bruits mécaniques que Cocteau veut introduire dans sa partition puis demande le retrait des réclames, à la fureur du librettiste. Pointant du doigt Picasso, lors d'une séance de travail, il crie *C'est vous que je suis ! C'est vous mon maître !* – un maître qui dit pourtant ne pas aimer la musique. Cocteau se cabre, cette fois. Refusant d'être dessaisi d'un projet qui lui doit tout, il se montre plus tenace que ses collaborateurs coalisés – et sur ce point plus moderne. Il accepte *in extremis* d'éliminer les bruits d'aéroplane et de morse, mais refuse *mordicus* d'isoler ses autres *trompe-l'oreille* par de brefs silences. Picasso lâche alors

Satie en échange de la suppression définitive des dialogues et des réclames.

Diaghilev décide à la fin de 1916 de réunir ce beau monde en Italie, où les Ballets russes sont programmés : Picasso pourra y construire ses décors et Cocteau chaperonner la chorégraphie du tout jeune Massine. Satie décline l'invitation mais Picasso, qui jamais ne quitte son atelier, l'accepte avec joie. Il court avec Cocteau annoncer à Gertrude Stein qu'ils partent en *voyage de noces* et prépare ses bagages – on est en février 1917.

Furieux de le voir suivre Cocteau dans la capitale-fantôme de l'Empire romain, monument tout entier dédié au passé, les Montparnos crient à la trahison. *Le code cubiste interdisait tout autre voyage que celui de nord-sud entre la place des Abbesses et le boulevard Raspail*, écrit Cocteau. Picasso s'en moque, il part.

Parade romaine

La magie romaine agit d'emblée sur Picasso. La vue des ruines détend l'animal toujours aux aguets et le peintre qui ne profite de rien. Occupant des chambres voisines dans l'hôtel de Russie, d'où l'on entrevoit la *Piazza del Popolo*, Cocteau et lui n'ont qu'à tendre la main pour cueillir des oranges sanguines aux arbres. L'automobile de Diaghilev, qui réside dans un palais du Corso, leur fait découvrir la ville, l'espagnol de Picasso leur suffit à se faire entendre. *Habitons le paradis terrestre*, écrit Cocteau à sa mère, le 20 février 1917...

L'accueil enthousiaste des futuristes du Caffè Greco les revigore, après la méfiance des Montparnos. Heureux d'œuvrer au même dépassement avant-gardiste, le candide Depero leur ouvre grand son atelier et leur montre les costumes synthétiques qu'il vient de concevoir pour une chorégraphie des Ballets russes. Picasso décide devant ces vêtements à transformation et ces costumes-cuirasses de *futuriser* ses *managers* américain et français. Il couvre ces hommes-sandwichs de constructions en trois dimensions, d'un gratte-ciel et d'un frac synthétique en carton-pâte que Depero fabrique dans l'esprit de Marinetti, le chef de file des futuristes, lequel recommande à ses « déclamateurs » de se donner des rigidités de feu rouge pour *se déshumaniser*. Il esquisse en même temps le costume du magicien chinois et de la petite Américaine, dans l'atelier que Diaghilev leur a loué via Margutta, tandis que Cocteau travaille à la gestuelle des *managers* avec Massine, dans le sous-sol du café où les danseurs répètent.

De leurs expéditions dans les rues de la Ville éternelle, Picasso ramène des fragments de ruines et des pièces de métal. Les objets *le suivent malgré eux*, note Cocteau, qui le décrit s'enracinant dans le plancher de leur atelier. Fier d'œuvrer à ses côtés, il jubile de voir le peintre produire sans relâche gravures et fusains, encres et sculptures, collages ou estampes. Le prodige qui accrochait déjà à l'école des cartouches d'encre à la taille des mouches afin qu'elles dessinent des archipels aléatoires sur les cahiers de ses camarades, l'émerveille par son inventivité. D'un visage, Picasso sait tirer une figure digne des portraits qu'Ingres exécutait, un siècle plus tôt, dans cette villa Médicis qui se découpe dans la fenêtre de leur atelier. Mais il peut aussi bien lui inspirer un masque grimaçant ou un profil cubo-futuriste – il est aussi naturellement caricaturiste que sculpteur. Le génie lui jaillit de partout, *comme l'eau d'une pomme d'arrosoir !* s'exclame Cocteau.

Les deux hommes profitent d'une pause pour dessiner la villa Médicis. Picasso en fait trois études magnifiques, l'une néo-classique, l'autre pointilliste, la dernière quasi abstraite, Cocteau se chargeant de la version cubiste. Le peintre fait de lui deux portraits-charge très « cabaret », Cocteau croquant de son côté Picasso en train de fumer la pipe tout en dardant son regard noir de profil – ce portrait aura aussi sa version cubiste. Les recrues des ateliers de la Renaissance avaient leur spécialité, l'un peignant les montagnes, l'autre les visages, le troisième les architectures : les deux hommes occupent la place de plusieurs créateurs chacun. Et Cocteau n'a pas à rougir de la comparaison : leurs mains semblent avoir la même aptitude à tirer le fil d'un trait pour les mener en boucles où ils veulent. Ne voit-il pas ses dessins comme une écriture *nouée et dénouée autrement*, tandis que Picasso rapproche sa propre façon de peindre de l'écriture qu'analysent les graphologues[1] ?

L'entregent de Cocteau aidant, ils acceptent les invitations des princes San Martino et de la marquise Casati, dont le luxe fané aurait fait hurler la bohème du Bateau-Lavoir. Quittant ces fastueuses réceptions romaines, Picasso part explorer les maisons closes dont les tarifs l'enchantent, quand il ne s'attache pas à répondre à l'intense curiosité qu'il suscite chez les danseuses de Diaghilev. Il lui arrive encore de partir le matin arpenter les musées, dont l'un affiche des

1. *Si j'étais né chinois* [...] *j'écrirais mes tableaux*, disait-il.

sculptures « nègres » *totalement inconnues du public*. À peine de retour via Margutta, il retrouve sa prodigieuse faculté de concentration.

Cocteau peut déjà après un mois signer des esquisses qui pourraient aussi bien être de Picasso. Il sait pourtant qu'il n'est pas assez d'imiter, encore faut-il pouvoir ressaisir *de l'intérieur* le processus qui pousse un créateur à dessiner comme il le fait – *Si tu veux peindre un arbre, deviens cet arbre*, dit à sa façon Matisse. Mais Picasso change si vite de médium et de style que toute imprégnation créatrice s'avère délicate sur la durée. Excellent caricaturiste lui aussi – le bull-dog d'une carte postale se voit changé en trois traits en un merveilleux Diaghilev monoclé –, plus subtil parfois que Picasso, qui souvent « charge », Cocteau se découvre moins productif aussi.

Il attend d'être *visité*, depuis qu'il a rejeté les recettes symbolistes, mais il lui arrive ensuite de rester sans vie, pareil à une défroque : le soleil n'autorise à ce rosier que quelques floraisons l'an. Doté d'une rare puissance de travail, le Malaguène s'apparenterait plutôt à une moissonneuse changeant tout ce qu'elle arrache en lit de paille, soupe de luzerne ou alcool de malt : qu'il pleuve ou qu'il vente, la machine tourne à plein régime. Parangon de discipline, Picasso avance sans se plaindre, même quand il doute. Seul peut-être Michel-Ange, qui passa quatre ans à peindre le plafond de la Sixtine dans cette même ville, le front hérissé de bougies, aurait pu rivaliser…

Picasso a plus d'idées que tout le monde mais n'éprouve pas même le besoin d'en faire état, note Cocteau. Il préfère avancer, en artisan supérieur plus qu'en artiste autoproclamé. Plutôt que d'analyser comment les choses naissent en lui, il préfère leur donner vie – *Je ne dis pas tout, mais je peins tout*, dit-il. Et moins il juge utile de s'expliquer, plus Cocteau tente de saisir la métamorphose que les objets subissent, entre son œil et sa main. *Comme toutes les grandes choses, l'événement Picasso se présente avec naturel. On hésite à [l'] encombrer d'un texte... le moins littéraire des peintres*, note-t-il – c'est pourtant ce qu'il ne cessera de faire. Visages, seins, cornes, courbes, tout ce que Picasso perçoit est net, avant que ses doigts ne recomposent à sa façon ces formes, quitte à leur faire perdre quelques couleurs – son nuancier ne vaudra jamais celui de Matisse ou de Bonnard, à de splendides exceptions près. Rien du mystère du symbolisme n'a survécu à sa cuti moderne.

Alors que les lectures fractionnées de *la Recherche* que Proust lui réservait à Paris laissaient à Cocteau l'impression d'un embouteillage génial, il pressent ici un ordre supérieur. Il peine en même temps à en définir les règles, qui ne cessent d'être remises en cause par leur opérateur même. Une inconstance que Picasso revendique, au nom d'un esprit d'autocontradiction qui soutient sa volonté de ne pas faire *œuvre*, et de ne pas achever ses toiles – il n'est jamais satisfait du résultat, de toute façon. Après s'être inspiré d'un peu tout le monde, avoir alterné premières communions catastrophiques et croûtes montmartroises, être passé du sous-Puvis de Chavannes au para-Gauguin, du simili-van Dongen au pseudo-Matisse, Picasso témoigne plus que jamais de sa boulimie prédatrice.

Lui qui se souvient en détail de tous les tableaux qu'il a vus s'avère en même temps capable de tout oublier pour engendrer du neuf. *Qu'est-ce qu'un peintre ?* dira-t-il avec le cynisme qui lui sert de masque. *C'est un collectionneur qui se constitue une collection, en faisant lui-même les tableaux qu'il aime chez les autres.* Cocteau ferait presque figure d'artisan coupable en comparaison, avec ses emprunts répétés et ses volte-face épuisantes. Picasso est un autre caméléon, mais il a la mâchoire d'un crocodile.

Quelques saisons plus tôt, le peintre jurait encore n'avoir vu ses premières sculptures nègres qu'*après* avoir composé *Les Demoiselles d'Avignon*. Mais le complexe d'anticipation avant-gardiste décline : il devient moins important d'être le premier que le *meilleur*. Picasso ne se donne même plus la peine de justifier ses revirements, pas plus qu'il ne cherche l'approbation des maîtres qu'il pille. Certain de son bon droit, il s'en éloigne dès qu'il s'est servi d'eux, quitte à les recycler vingt ans plus tard en oubliant ces vols initiaux, devenus sa propriété même. *On doit prendre son bien où on le trouve, sauf dans ses propres œuvres*, dira cet ogre : Picasso pille tout en restant *lui*.

Après avoir peint deux ans durant en parallèle avec Braque, qui lui apporta le savoir de ses ancêtres artisans (peigne, couteaux, ciseaux), en si bonne entente qu'ils auraient pu signer leurs toiles *Picabraque* ou *Bracasso*, il le quitte en le laissant presque exsangue. Il n'emprunte pas, il élimine (*il n'est pas de ces lions qui mangent de l'herbe*, disait Derain de Vlaminck). Picasso l'avouera lui-même : *Les bons artistes copient, les grands volent.* Cocteau vole aussi, mais il continue de respecter le volé – avec moins de zèle chaque jour, c'est vrai. Hanté par des rêves wagnériens d'art total, il emprunte à toutes les disciplines mais laisse à ceux dont il s'inspire le temps de protester. *Le génie égorge ceux qu'il pille*, assurait Rivarol : plutôt que de tuer comme Picasso sa proie, Cocteau l'enrobe dans des nœuds de soie. On lui conteste dès lors son originalité, quand bien même ceux qui l'accusent d'imposture n'ont pas un seul de ses talents. Changeant, il ne l'est pas plus que Picasso ou Stravinsky, cette éponge mélodique qui commença par faire du Rimski-Korsakov avant de pasticher Tchaïkovski, Pergolèse ou Haendel – *Si la musique que j'entends m'intéresse, ou me plaît, j'ai aussitôt envie de la faire mienne*, aime-t-il dire. Cocteau l'écrira dans *La Difficulté d'être* : *Dans le refus à soi-même, Stravinsky devait nous dépasser tous.*

D'un côté un peintre semant ses critiques et essoufflant ses ennemis – *l'homme qui court plus vite que la beauté*, l'appelle Cocteau dans l'*Ode* qu'il lui consacre en 1919. De l'autre, un écrivain dont les pannes et les crises offrent à ses détracteurs l'occasion d'un bilan auquel Picasso échappera souvent.

Sans doute Cocteau avait-il déjà conçu des costumes pour son « David », mais il a encore à apprendre auprès de Picasso, son exceptionnelle habileté technique se limitant aux crayons et aux ciseaux. Pourrait-il aller jusqu'au tableau ? Il se le demande. Alors que Jacques-Émile Blanche le voyait esquisser une toile avec une facilité *presque oppressante*, six ans plus tôt, Picasso semble en douter. Lui-même se trouve dès lors saisi par le trac, devant son chevalet. Il pourra parler de fertilisation croisée, jamais il ne pourra espérer signer un tableau de *Picocteau* durant cette merveilleuse communion romaine.

Le peintre ne révèle pas seulement à Cocteau l'ampleur de son besoin d'osmose, il lui suggère ses limites. Génie minoritaire, exalté et fragile, l'écrivain cherche à légitimer sa mue en intégrant cet être qui l'aimante ; mais Picasso garde ses distances. Cocteau s'approche donc un peu plus de son feu central dans le secret espoir de comprendre comment ce créateur s'incarne dans tout ce qu'il fait, même quand il n'est guère plus profond que son geste. Mais comment s'assimiler à un être qui ne cesse de changer sans prévenir et qui n'a pour ainsi dire pas de style propre ? Cocteau a beau avoir prouvé pouvoir (presque) tout devenir, il peine à y parvenir.

Il avait toujours su jusque-là dépasser les modèles qu'il se donnait. *Doué de plus d'esprit et de talent que la plupart de ceux qu'il imite, il prend son bien où il le trouve et sa prodigieuse mémoire n'a d'égale que son étonnante faculté d'oubli*, écrit en 1920 la *NRF*. Anna de Noailles avait pu lui donner l'impression d'être plus forte que la vie, son esthétique restait « facile » à cambrioler : celle de Picasso lui semble bien moins saisissable. De tous les totems virils vers lesquels Cocteau se tournera pour tirer force, courage ou renommée, Picasso est celui qui lui résistera le mieux.

Ce rêve d'union a bien évidemment une composante érotique. Il est porté par les désirs sous-jacents de Cocteau, qui tendent moins en l'occurrence vers une union brutale que vers une fusion existentielle à long terme. Or, loin d'embarrasser Picasso, ces désirs le flattent. Lui qui assurait *Braque est ma femme* au temps de leur symbiose cubiste et dont les deux premiers poètes-lauréats, Max Jacob et Apollinaire, étaient déjà de ce bord-là (sans exclusive pour le second), aime jouer de son pouvoir là aussi. Le surmâle sait se nourrir du désir des hommes.

Plus Cocteau analyse les rouages de la machine Picasso, plus il s'interroge. L'aisance avec laquelle le peintre lui a imposé ses *managers* et la honte secrète qu'il en a retirée ont inversé sa mégalomanie. Il se découvre une nature non pas divine mais humaine, avec ses pannes et ses entraves, et décerne à Picasso les louanges qu'il n'ose plus s'adresser. Le Malaguène devient le démiurge qu'il croyait être il y a encore cinq ans, dans une version plus rustique et paillarde – un Orphée charmant hommes, femmes et bêtes, doublé d'un satyre puissamment sexué.

Ils ne vivent pas ensemble depuis un mois que Cocteau écrit à sa mère : *Je l'admire et je me dégoûte.* En ne faiblissant jamais dans son travail, Picasso lui donne un exemple quotidien de *probité sublime, de simplicité laborieuse.* Plus il voit œuvrer le peintre qui revendique après Cézanne une peinture *couillue*, plus Cocteau se convainc qu'il tire sa sève créatrice de sa libido suractive. Il en vient à envier l'attirance que Picasso exerce sur les danseuses de Diaghilev, Olga Khokhlova en particulier qui, après s'être montrée la plus distante, verrouille chaque soir la porte de sa chambre d'hôtel…

Stimulé par tant d'énergie sexuelle, Cocteau retrouve ses tout premiers désirs pour les vedettes du music-hall – Mistinguett prétendait l'avoir dépucelé. Il se rapproche de la danseuse russe qui va tenir le rôle de la petite fille américaine dans leur *Parade* – une femme-enfant de dix-sept ans aussi vive qu'espiègle. Après avoir guidé les évolutions chorégraphiques de Maria Chabelska, qui trouble aussi Picasso, Cocteau la retrouve le soir à l'hôtel Minerva et l'entraîne dans ses promenades nocturnes autour du Forum – *c'est le désordre d'une chambre après la visite des cambrioleurs*, note-t-il. Au détour d'une ruelle, il esquisse dans ses petits carnets le visage mutin de la danseuse aux grands cils et lui accole sa propre silhouette pour former un couple digne des tout premiers *comics*.

Espère-t-il tordre sa sexualité pour se rapprocher de Picasso ? Veut-il parachever sa mue en refermant sa période mondaine ? Si être moderne, c'est être brutal, s'approprier l'érotisme du Malaguène serait s'offrir la puissance qui lui manque aux yeux des Montparnos : devenir ne serait-ce qu'en partie hétérosexuel l'aiderait à être pleinement contemporain. Picasso l'y encourage, lui qui aime trouver des maîtresses à ses amis et transformer les plus « flottants » en hétérosexuels affirmés.

Le *voyage de noces* annoncé à Gertrude Stein prend une autre tournure quand les deux hommes s'installent à l'hôtel Minerva, dont Picasso remonte en pyjama les couloirs la nuit. *Je couche avec une danseuse russe et Picasso avec une dame qui le croit « siffleur » au Music-Hall*, écrit avec fierté Cocteau à Apollinaire. Tout est fait pour conforter les désirs de Picasso durant ces soirées « partagées ».

La petite Marie Chabelska s'amuse de son côté de la cour que lui fait un homme qui lui paraît plus obnubilé par la virilité du peintre que par sa féminité embryonnaire. Peu dupe de ce qu'elle qualifiera de *mise en scène* en évoquant cinquante ans plus tard le jour où Cocteau froissa les draps du lit, dans l'atelier du peintre et en son absence, elle conclut en assurant : *Picasso riait avec les autres de l'hommage qui lui était ainsi rendu.* Cocteau lui-même parlera de *Marievaudages* dans ses lettres, en évoquant un quatuor amoureux qui doit beaucoup à l'énergie érotique du Malaguène.

L'arrivée début mars de Stravinsky met le comble à l'excitation. Heureux de réunir ces deux créateurs qui ne se connaissent pas et ignorent leur travail, Cocteau redouble d'inventivité. Alors qu'il ne se passe pas grand-chose quand on s'efforce d'additionner les génies, comme lorsque Proust, Joyce, Stravinsky et Picasso seront confrontés à l'hôtel Majestic, le courant passe. Cocteau se reconnaît dans ces créateurs qui ne tiennent pas en place mais qui apprirent auprès de leur père à dessiner et à composer suivant les lois de la perspective et de la mélodie, avant de déclencher la tornade moderne.

Diaghilev décide alors d'emmener ce trio inespéré en vacances à Naples. Cocteau et Picasso se passionnent pour ce *Montmartre arabe. L'Antiquité grouille toute neuve*, s'exclame le premier à la vue des autels païens dédiés à la Vierge et aux saints. Vingt siècles après leur renvoi officiel par les « troupes » de saint Pierre, les dieux de l'Olympe continuent de régir ce port superstitieux et sale, où l'on aime forniquer en parjurant et rend un culte joyeux à la mort. La gaieté carnavalesque du peuple napolitain lance Picasso et Stravinsky sur les traces de Pulcinella. Cocteau et Picasso gagnent de leur côté les ruelles à matelots où les portes des bordels laissent entrevoir des Saintes Vierges bercées par des gramophones d'or. Le tour s'achève dans le cabinet secret du *Museo Nazionale*, où les érotiques issus des maisons romaines dévastées par le Vésuve leur inspirent des croquis satiriques – difficile de distinguer leur manière respective.

Stravinsky parti, les deux hommes visitent Herculanum et Pompéi. Le peintre monte sur des fûts de colonnes pour saisir l'étendue des ruines et se faire prendre en photo par Cocteau. Ces bordels indiqués aux carrefours par des phallus de marbre, ces pavés cisaillés par les roues des chars..., Cocteau éprouve la troublante familiarité du rescapé retrouvant son foyer. *J'ai été droit à ma maison,* écrit-il à sa mère. *J'avais attendu mille ans sans oser revenir voir ses pauvres décombres.* Un choc qui précipitera et son *rappel à l'ordre*, une fois à Paris, et le tournant « néo-classique » de Picasso.

Cocteau repart seul au printemps 1917 après une absence de près de deux mois. Il emporte le nouveau portrait que Picasso a fait de lui, assis et de profil, digne et raide comme un jeune licteur romain. Émus par leur commune découverte du paradis latin, Picasso et Stravinsky l'accompagnent à la gare de Termini. Il les salue avec ces vers :

Du wagon je me penche
Pablo Igor
Et vos deux mains dans la mienne...
Je vous laisse à Rome
Unis en moi.

Une façon de se dire le troisième d'une Trinité fondatrice et de s'inscrire à la tête du mouvement moderne : *Et nul/ mieux que toi la fugue Igor/ nul mieux que toi Picasso l'anatomie/ nul mieux que moi l'arithmétique/ alexandrine*, dira-t-il dans *Le Cap de Bonne-Espérance.*

De retour à Paris, Cocteau écrit à *Pablissimo* pour regretter le silence de Marie Chabelska : *Elle me manque et je rêve à elle la nuit.* Mais il se plaint aussi de ne pas retrouver cet équilibre que son ami possède *et pour lequel je t'aime si tendrement*, ajoute-t-il. Inquiet de le voir s'éloigner au bras d'Olga, il ajoute, le 5 juin 1917 : *Ne me renie pas trop*, même si lui aussi s'éloigne de la petite Chabelska pour chercher satisfaction ailleurs – la chrysalide n'a pu accoucher d'un papillon hétérosexuel. *À Rome, en 1917* [...] *je n'avais d'yeux que pour mon collaborateur*, avouera-t-il.

Retrouvant le chemin des salons, Cocteau épuise son entourage avec le récit de ses exploits romains et des prodiges accomplis par Picasso. [*Il*] *a des périodes*, grogne Jacques-Émile Blanche à l'oreille de Paul Morand. *Il est cyclique. J'ai connu, il y a six ans, la phase Anna de Noailles ; Jean nous en parlait tellement que nous, qui aimions tous beaucoup Anna, ne pouvions plus entendre son nom ! Aujourd'hui c'est la phase Picasso.* Excédée de l'entendre vanter le peintre qu'il a « débauché », l'avant-garde refait front contre l'intrus tandis que ses vieux soutiens de la rive droite se lassent. *Il a un besoin de plaire à tous, en même temps, à Picasso, à Mme de Chevigné, aux fusiliers marins, etc.*, s'irrite Misia Sert, la marraine des Ballets russes.

Cocteau avait quêté la caution d'Apollinaire avant son départ pour l'Italie. Inquiet de le voir chasser sur ses terres et jaloux de l'amitié que Picasso lui témoignait déjà, le poète d'*Alcools* s'était laissé approcher avec réticence. L'entremise active du peintre avait fini par infléchir le poète de *L'Esprit nouveau*, que sa blessure à la tête auréole d'un prestige accru. La passion de Cocteau pour le cinéma, *Fantômas* en particulier, finit par le toucher : *Il a beaucoup plus de gentillesse innocente que je ne croyais*, confie-t-il à Picasso, qu'ils aident à emménager dans son nouvel atelier de Montrouge.

Une forme de jalousie persiste. Alors qu'Apollinaire admire Picasso et n'a cessé de louer, durant toute l'aventure cubiste, le génie de celui qu'il décrit comme *l'assassin de l'ennui, le naufrageur des faibles, le perturbateur superbe du trafic*, aucun des projets qu'il a soumis au peintre n'a abouti, en douze ans d'amitié : Apollinaire a donc eu de bonnes raisons de prendre ombrage du projet de *Parade* où Picasso s'est engagé sans tarder.

Leur relation n'est plus tout à fait la même, depuis le vol des statuettes ibériques du Louvre en 1907. Devant les faibles mesures de sécurité protégeant le musée, l'escroc-aventurier dont Apollinaire était alors l'intime, Géry Pieret, avait proposé de lui en rapporter quelque « cadeau ». Le poète s'en était ouvert à Picasso, lequel avait saisi l'occasion d'étudier de près les statues ibériques du musée, des chefs-d'œuvre de l'âge archaïque phénicien qui l'obsédaient. Pieret était ressorti du Louvre avec deux statuettes, masculine et féminine, que le peintre avait achetées pour une cinquantaine de francs et dont les formes géométriques avaient précipité la conception des *Demoiselles d'Avignon*.

Leur disparition n'avait été révélée que quatre ans plus tard, à l'occasion du vol retentissant de la *Joconde*. Avide de publicité, l'escroc avait adressé à la presse une lettre s'accusant à tort d'être le nouveau « propriétaire » du tableau du Vinci et avait exigé une rançon substantielle. Pieret en avait profité pour dénoncer son acte passé en impliquant à demi-mot Apollinaire, lequel avait pensé fuir à l'étranger avant de passer la nuit à remonter la Seine avec Picasso, dans un état d'affolement indescriptible, en quête d'un lieu propice pour se défaire des pièces volées. Les deux hommes avaient fini par se résoudre à les confier, sous le sceau du secret, à un journal parisien, qui les avait restituées au Louvre.

Apollinaire avait été conduit à la Santé pour complicité de vol et recel. Là, l'auteur de *L'Enchanteur pourrissant* avait reconnu avoir abrité malgré lui des statuettes dont Pieret lui aurait caché la provenance, avant de les remettre à Picasso. Découvrant tardivement leur origine, il aurait tenté de persuader le peintre de les rendre au musée, mais l'Espagnol aurait refusé sous prétexte qu'il les avait démontées pour s'approprier les pouvoirs magiques que les anciens Ibères leur attribuaient. Du moins fut-ce une des innombrables versions des faits qu'Apollinaire donna – Kahnweiler, le marchand de Picasso, souligne son rapport plus que fluctuant à la réalité.

Picasso avait été convoqué à son tour. Tout aussi effrayé qu'Apollinaire de se voir expulsé comme étranger, il tremble si fort, à l'aube de son interrogatoire, que sa compagne d'alors doit l'aider à s'habiller. *Il perdait la tête de peur*, précise Fernande Olivier dans ses Mémoires – une réaction qui précipite la fin de leur relation, le peintre ne supportant pas de s'être montré aussi lâche devant elle…

Entendu en présence d'un Apollinaire menotté, depuis deux jours aux arrêts, Picasso commence par nier avoir « acquis » les statuettes volées et même connaître le poète, avant de finir par le « remettre ». Un reniement que le petit monde montmartrois compare à celui de saint Pierre face au Christ, mais qui le sauve de la prison. Pieret prend dix ans, Apollinaire ressort après une semaine passée derrière les barreaux. Et Picasso se console en assurant que les têtes avaient d'abord été volées par les archéologues (français ?) qui les avaient arrachées au sol espagnol avant de les vendre au Louvre, lequel ne s'était pas même aperçu de leur disparition pendant quatre ans[1].

L'affaire avait marqué les deux hommes, que la presse accusa de faire partie d'une bande d'étrangers venus dépouiller la France. Elle précipita l'engagement volontaire d'Apollinaire en 1914, qui lui valut

1. Comme le note malicieusement John Richardson. Les têtes ont été depuis restituées à l'Espagne, qui les expose au Musée national d'archéologie de Madrid.

de devenir français à part entière mais aussi d'être trépané. Elle jeta une ombre durable sur leur complicité sans remettre leur alliance en cause, Picasso demeurant attaché à son poète-lauréat et Apollinaire voulant rester le héraut du mouvement moderne. Et grâce au soutien du premier, Cocteau avait obtenu d'Apollinaire qu'il préface le livret de *Parade*.

Prévue pour le 18 mai 1917, la première parisienne du ballet ne se présente pas très bien : la gauche artistique soupçonne Cocteau d'imposture arriviste, la droite tient Satie pour un fumiste et Picasso pour l'âme damnée du cubisme, sinon pour un escroc. Peu de critiques connaissent néanmoins le travail de ce dernier, qui se refuse à exposer dans les Salons et dont les œuvres ne se vendent qu'à l'étranger via Kahnweiler, Juif d'origine allemande – détail sensible alors. Autre grief, les Ballets russes ont suscité une semaine avant la première de *Parade* l'indignation générale en faisant brandir par un « moujik » le drapeau rouge des Soviets, lors de la première de *L'Oiseau de feu.* L'hécatombe suscitée par l'offensive Nivelle, où cent quarante mille Poilus viennent d'être tués ou blessés, a réveillé le patriotisme de spectateurs dont les fauteuils ne sont qu'à deux cents kilomètres du front.

Avec son saltimbanque, son Pierrot et son singe, l'immense rideau d'ouverture de Picasso rassure ce public-là – il renvoie aux Arlequins et aux Pierrots de sa période rose. Mais il déroute aussi les fervents supporters du peintre par son naturalisme vieillot – *passéiste à dessein*, tranche Bakst. Quant au *manager* américain, qui arbore des *pants* de *cow-boy* et des gratte-ciel hauts de trois mètres sur les épaules, tout en tirant des coups de feu, il fédère contre lui les premiers américanophobes et les ennemis du *Kubisme judéo-boche* dont Picasso passe depuis dix ans pour le démiurge.

La chorégraphie de Massine n'est pas mieux reçue. Les danseurs étant autant d'éléments de décor, pour la première fois dans un spectacle, tout bouge sur scène et ce chaos est jugé indigne du drame qu'endurent les Poilus. On siffle ces pantins qui prétendent *révolutionner* l'art alors que la Champagne ploie sous les obus, quand on n'associe pas ces « fumistes » aux jeunes embusqués qui se font porter pâles pour échapper aux combats. La mitraille « musicale » des quatre machines à écrire Underwood voulues par Cocteau pour le retour en scène de Maria Chabelska achève de déchaîner les huées du public et précipite le départ en coulisses de la Russe en larmes. Une ultime danse robotique avec le *manager* national est jugée tout aussi grotesque que les sons sans queue ni tête – corne de brume, sirène des pompiers – que ce vieux farceur de Satie voudrait faire passer pour de la musique – Dieu sait s'il a tout fait pour les exclure de sa partition !

Picasso et Cocteau s'étaient accordés pour dire que *Parade* ne signifiait strictement *rien*. Mais cette désinvolture assumée, quand tant de familles pleurent un fils, semble une authentique trahison. *C'est ça, l'art français ?* s'indigne une femme en coulisses. *C'est ça*, lui répond en souriant Apollinaire. La presse s'en prend aux enfantillages du librettiste et aux *Picassotises* du peintre avant de s'acharner contre les bouffonneries de Satie, *cet inharmonieux loufoque*. Rangé plus bas qu'*un joueur de tam-tam sénégalais* – sa hantise depuis que Cocteau lui a imposé ses bruits incongrus –, l'auteur d'*Embryons desséchés* entre dans une rage homérique en découvrant l'article d'un critique qui l'avait félicité au sortir de la première mais qui dénonce cette fois une musique *outrageante pour le goût français*. Une grêle de lettres ouvertes s'abat sur le plumitif qui a le malheur d'être *aussi* compositeur : *Vous êtes un cul – si j'ose dire, un « cul » sans musique*, lui assène Satie, en allusion aux « mélodies » du Pétomane avant d'ajouter, dans une carte postale postée depuis Fontainebleau : *Vilain cul, je suis ici d'où je t'emmerde à tour de bras*. Condamné pour diffamation à huit jours de prison ferme, le musicien couche à son tour à la Santé.

Picasso va bien s'en tirer, cette fois encore. Le scandale ayant fait connaître son nom aux foules, les théâtres de ballets lui ouvrent grand leurs portes. Exposé aux côtés de Matisse par Paul Guillaume, il voit sa cote s'emballer et tourne à jamais le dos au misérabilisme du Bateau-Lavoir pour revendiquer son envie de gagner autant d'argent que possible. Sans tarir tout à fait sa veine cubiste, son désir de revisiter le passé équilibrant son besoin de l'abolir, il commence à célébrer la Méditerranée et les rites païens de l'Antiquité. Il impose son droit à user simultanément de plusieurs esthétiques rivales – qu'elles s'inspirent de Lascaux, des Dogons ou d'Ingres, elles sont *contemporaines* du créateur qui en use successivement, assure-t-il. Il ne s'identifie plus au Christ mais à Dionysos, le dieu des libations et du sexe – une rechute dans le figuratif mythologique qui a le don d'exaspérer l'avant-garde, ce dont il se moque. Il est en passe de devenir, à trente-sept ans, le peintre par excellence : un succès aussi tardif qu'éclatant.

C'est un habile qui se sert des gens, sous son air tout carré de rapin montmartrois, note Jacques-Émile Blanche. *Il s'est servi de Cocteau.* Tout en reconnaissant ce que le spectacle lui doit, l'écrivain lui reprochera de fait d'avoir tiré la couverture à lui avec ses *managers incultes, vulgaires et tapageurs*, tout comme il en voudra à Satie d'avoir supprimé certains de ses *bruits* : alors qu'il espérait un rideau-générique affichant leurs deux noms, comme au cinéma, Picasso n'a truffé ce rideau « naïf » que d'allégories personnelles. *Notre* Parade *était si loin de ce que j'eusse souhaité*, avouera Cocteau dans *Le Coq et l'Arlequin*, *que je n'allai jamais la voir dans la salle.*

Croisant Cocteau en coulisses et le trouvant *vieilli, contracté, douloureux*, Gide témoigne de sa frustration dans le *Journal* qu'il tient : *Il sait bien que les décors, les costumes sont de Picasso, que la musique est de Satie, mais il doute si Picasso et Satie ne sont pas de lui.* Maurice Martin du Gard le confirme dans *Les Mémorables* : *Il enrégimente, il annexe les génies* [...], *il se voit dans tout ce que font ses amis, il vit dans tout ce qu'il leur fait, ou croit leur faire faire d'original.* De là à soupçonner ses collaborateurs de l'avoir pillé…

Cocteau n'aura pas à se plaindre de *Parade*, néanmoins. En s'attirant le satisfecit appuyé de Stravinsky, son ballet convainc enfin Diaghilev, qui lui avait lancé *Étonne-moi !* après l'échec du *Dieu bleu*. L'avant-garde baisse d'un ton à son sujet, même si elle persiste à le tenir pour un faiseur. Les portes de la prestigieuse revue *Nord-Sud* s'ouvrent à l'anti-poète que Reverdy avait boxé quelques mois plus tôt. Et ses poèmes sont lus parmi ceux d'Apollinaire, de Jacob et de Cendrars lors d'un concert donné en hommage à *son* ballet.

Émerge un Cocteau plus moderne, à défaut d'être brutal. L'accouchement a été douloureux, mais le « nouveau-né » s'enorgueillit d'avoir réussi à fédérer Picasso, Satie et Apollinaire, lequel a employé pour la première fois le mot *surréalisme* en présentant leur *Parade* : un exploit pour ce pur produit de la rive droite qui ignorait tout de leur œuvre quatre ans plus tôt. Cocteau célèbre sa mue : l'ère où il faudra être jeune, insolent et radical commence.

L'époque des duchesses

Célébré selon l'imposant rite orthodoxe dans l'église russe de la rue Daru, à l'été 1918, le mariage de Picasso avec Olga Khokhlova marque l'apogée de son amitié avec Cocteau. L'union de l'ancien rapin montmartrois et de la fille de l'officier russe blanc, un colonel qu'elle voudrait faire passer pour un général, a tout d'un sacre : l'exilée élue pour ses airs de *vraie jeune fille*, comme le peintre enfin amoureux de la danseuse *levée* à Rome, paraissent rejouer *Boris Godounov* tandis que Cocteau, témoin d'Olga, maintient sur sa tête la *stefana* – une couronne d'or qui fait symbole, peu après la prise du Palais d'Hiver par les bolcheviks.

Deux fois refusé en mariage les saisons précédentes, Picasso jubile. L'écrivain aussi. Parrain de la rencontre de Picasso et d'Olga, Cocteau se retrouve au coude à coude avec Max Jacob et Apollinaire, les deux témoins du marié. Le poète opportuniste parti à l'assaut de la rive gauche est désormais l'intime des totems de l'avant-garde parisienne. La guerre sévit encore à l'Est qu'il y occupe déjà une place de choix en attendant la recomposition artistique que la paix va nécessairement engendrer – elle sera fatale à la plupart des vedettes de l'avant-guerre. Jacques-Émile Blanche accusait Picasso de s'être servi de lui à travers *Parade*, mais Cocteau a des raisons de penser l'inverse, en voyant le pope bénir le couple.

Picasso et Olga passent leur lune de miel dans la somptueuse villa de Biarritz d'Eugenia Errázuriz, une richissime Chilienne que Cocteau leur a fait connaître. *J'aime beaucoup ta mère qui te ressemble*, lui écrit le peintre, qui rencontre pour l'occasion Mme Cocteau – un coup de foudre réciproque. Après avoir couvert de fresques la salle de bains de la Chilienne, Picasso rentre à Paris pour emménager avec Olga dans un duplex rue La Boétie, à deux pas de la rue d'Anjou où Cocteau vit avec sa mère, et juste au-dessus de la galerie de Paul Rosenberg qui vient de le prendre sous contrat. Picasso passe avec armes et bagages rive droite, dans le quartier de la Madeleine, celui des spéculateurs et des notables, des avocats d'affaires et des rentiers – un transfert aussi spectaculaire que celui que Cocteau a effectué en sens inverse. Les Montparnos ne s'étaient pas trompés en prédisant que leur séjour commun à Rome métamorphoserait le peintre.

Le 9 septembre 1918, jour de l'abdication de Guillaume II, le Kaiser honni, Apollinaire agonise, victime d'une épidémie de grippe espagnole qui fera vingt-cinq millions de victimes à travers le monde, plus que la guerre elle-même… Picasso et Max Jacob partent rue d'Anjou demander à Cocteau d'envoyer son médecin chez l'agonisant, mais le docteur Capmas ne peut que constater son impuissance. Cent fois Cocteau décrira la scène : la foule hurlant *À mort Guillaume !* et le poète amaigri, cloîtré au dernier étage du 202 boulevard Saint-Germain, prenant pour lui ces appels au meurtre destinés au Kaiser, dans son délire. Fin cruelle, à trente-huit ans, pour celui qui s'est farouchement battu pour devenir français et dont le crâne garde encore, tel un reliquaire, la balle qui l'a touché en plein front.

La nuit tombée, Cocteau reste à veiller le cadavre. *Il est comme quand je l'ai connu*, lui murmure à l'oreille Picasso, qui peine à croire que ce géant *obèse* et *lumineux* soit devenu cette masse sans vie. Seul le visage d'Apollinaire s'avère encore capable, *par la magie d'un cierge, de la pénombre et du silence*, de simuler la vie.

Apollinaire enterré, Cocteau reprend le rôle de poète-lauréat dont Picasso a tant besoin. À son tour de mettre son zèle littéraire au service du peintre, qui sut se gaver avant lui de l'affection admirative d'Apollinaire comme de l'homme à hommes qu'est Max Jacob. Et sans lui céder *a priori* quoi que ce soit, dans le cas de ce dernier, même durant les mois de 1902 où ils partagèrent une chambre de bonne boulevard Voltaire, l'un dormant le jour et l'autre la nuit. *Braque est la femme qui m'a le plus aimé*, put dire Picasso du moins suspect de ses amis ; il s'attache avec Cocteau un *admoureux* aussi passionné.

Cocteau fait découvrir alors aux jeunes mariés la vie mondaine que Picasso a appris à apprécier à Rome. Il les entraîne chez Misia Sert comme au bal annuel d'Étienne de Beaumont, un excentrique devenu l'arbitre des élégances : l'an passé, Picasso y a déjà vu un Proust bouffi s'adresser exclusivement aux quelques ducs présents – *Regardez-le, il est sur le motif !* avait-il soufflé. Cocteau aidant, le peintre s'efforce de devenir l'être urbain qu'Olga exige afin de mener cette vie brillante que les bolcheviks viennent d'anéantir dans son pays. Les attentes sociales de la jeune Russe, qui s'est résolue à abandonner professionnellement la danse après une mauvaise chute et qui ne rêve plus que d'une vie bourgeoise, changent le peintre en un vrai « Monsieur » servi par un domestique en gants blancs qui sabre le champagne avant de lui faire goûter des plats concoctés par leur cuisinière avec des vivres venus de chez Hédiard. Il fait tailler ses complets à Londres et l'été se fait conduire par un chauffeur en livrée sur la Côte d'Azur en Hispano-Suiza. La bohème n'est plus que l'emblème d'une vie révolue pour Picasso, qui se rappelle soudain que son père avait pour frères un diplomate, un prélat et un médecin marié à une marquise. « Royaliste » depuis qu'une couronne d'or l'a uni à la Russe blanche dans l'église de la rue Daru, le peintre fraie désormais avec la haute. L'*époque des duchesses*, gémit Max Jacob, lequel publie un *Cornet à dés* qui sent trop le soufre pour plaire à Olga : Picasso ne tardera pas à lui reprocher de ne rien connaître à la peinture.

Cocteau est l'un des rares amis du peintre à recevoir l'imprimatur social de la jeune mariée. Il passe régulièrement la porte de leur appartement de la rue La Boétie, domaine à la propreté déroutante d'Olga, avec ses meubles luisants de cire : le merveilleux dessin « ingresque » que Picasso fait de lui, posément assis à droite d'Olga et de Satie, en témoigne. L'atelier du peintre reste en revanche un capharnaüm digne du *roi des chiffonniers*, mais ses tableaux s'attachent désormais à rendre la beauté placide et les courbes de son épouse, qu'il étudie lorsqu'elle s'exerce encore à la barre. Certains atteignant le prix des Corot ou des Renoir, il pense en se regardant dans la glace, en smoking et chapeau melon, à ce *Monsieur Ingres* si bourgeois dont il entrevoyait l'atelier à Rome.

L'impatience de Cocteau à chanter les louanges de Picasso s'avère valoir celle d'Olga à le *débohémiser*. En 1919, l'écrivain publie l'édition de luxe d'un poème dont la mise en page renvoie encore aux règles du cubisme synthétique : les caractères pleuvent sur des pages prises dans un élégant cadre rouge : tiré à 339 exemplaires, l'*Ode à Picasso* parachève l'infusion des formes pensées par le peintre dans l'univers poétique de l'écrivain. Si récalcitrant d'ordinaire, Picasso acquiesce désormais aux demandes de Cocteau, même quand ce dernier exige une réponse *séance tenante* : il lui envoie en 1918 deux monogrammes représentant un coq et un Arlequin, allégorie limpide de leur amitié, pour illustrer son pamphlet musical en faveur du Groupe des Six.

C'est encore sous le regard des tableaux que Picasso a confiés à Léonce Rosenberg que Cocteau lit son hommage à Apollinaire, en juin 1919. Il y rencontre le tout jeune Radiguet, un adolescent de seize ans venu saluer aussi la mémoire de l'auteur d'*Alcools*, dont il ne va pas tarder à tomber amoureux.

Picasso fait bon accueil à Radiguet, qu'il a déjà croisé avec Max Jacob. *Désintéressement, égoïsme, tendre pitié, cruauté, souffrance des contacts, pureté dans la débauche, mélange d'un goût violent pour les plaisirs de la terre et de mépris pour eux, amoralité naïve…* : on trouve de tout chez le jeune fugueur, selon l'allégorie que Cocteau en fera dans *Le Secret professionnel.* Aussi méprisant pour les fausses valeurs que respectueux des vraies, Radiguet est capable de dévisager son interlocuteur avec une impassibilité inquiétante et de lancer à un peintre demandant ce qu'il doit faire de la croûte qu'il vient d'esquisser : *Il serait charitable de l'achever.* De quoi séduire Picasso, dont la férocité est aussi laconique.

Le jeune homme a une autre qualité aux yeux de ses aînés, il n'entend suivre aucune mode. Tout en aidant Cocteau à lancer *Le Coq*, une revue rassemblant les signatures de Picabia, Cendrars et Jacob qui semble s'inscrire encore dans la mouvance dadaïste, il encourage de sa toute jeune autorité Cocteau à abandonner les expérimentations du *Cap de Bonne-Espérance* pour en revenir aux vers rimés. Cocteau y est d'autant plus sensible que le *Cap*, ce recueil qui devait synthétiser son expérience guerrière, a été mal accueilli en 1919, réveillant en lui l'angoisse d'une mue incomplète. Il craint en même temps de retomber dans ses ornières d'avant guerre, voire de faire un retour en arrière de quatre siècles, en chantant à nouveau la rose et le bel aujourd'hui de Ronsard, comme le recommande Radiguet. Partagé entre son anarchie foncière et le besoin de se rassembler, il hésite à promouvoir *le rappel à l'ordre* poétique et frôle le divorce. Peut-être n'aurait-il pas franchi le pas si Picasso lui-même n'était venu lui rappeler qu'il n'y a en art ni avancée ni recul, la sculpture antique étant tout aussi contemporaine que la peinture cubo-futuriste.

Encouragé par un peintre qui n'hésite plus à dire qu'il faut *tuer l'art moderne* et par cet adolescent arrogant qui peut déclarer à sa mère : *Je vais écrire un livre pour avoir quelque chose à lire*, Cocteau entame un nouveau tournant. Radiguet le pousse à se lancer dans un roman tandis que lui-même rédige *Le Diable au corps* en prenant Stendhal comme tuteur. Leurs échanges inspirés vont faire naître pour finir cinq brefs romans en deux ans – *Le Grand Écart*, *Le Diable au corps*, *Le Bal du comte d'Orgel*, *Les Enfants terribles* et *Thomas l'Imposteur* – un regain miraculeux qui décuple l'amour de Cocteau pour ce prodige dont il vante partout le génie.

À l'acmé de leur liaison, peu avant la Noël 1920, Picasso réalise un superbe portrait ingresque de Radiguet, après avoir assisté à la lecture par Cocteau du *Bal du comte d'Orgel* chez Jean Hugo. Les yeux de cerf et les cheveux en pétard qu'il lui prête révèlent une intime compréhension de son modèle, comme s'il se reconnaissait dans cet adolescent décidé à imposer ses vues à des adultes ayant deux à trois fois son âge. Deux fortes personnalités s'y jaugent, celle d'un prodige de dix-sept ans pouvant interrompre les platitudes des imbéciles par d'insolents *Allons donc !* et celle d'un Picasso capable de demander à Jean Hugo, lequel se cantonne à de minuscules miniatures : *Vous peignez toujours à la main ?* Le trait cru de Picasso traduit à merveille la dureté du jeune prodige et l'embryon de désir qu'il suscite chez un peintre qui ne peut établir de rapports d'égalité qu'entre mâles. Cocteau pourra à juste titre se dire *jaloux* du portrait : il reste bien plus marquant que tous ceux que le Malaguène fera de lui.

Leur complicité artistique reste pourtant flagrante. Déjà en 1917 Cocteau avait fait des propositions de costumes pour *Parade* très compatibles avec ceux de Picasso et des vues synthétiques de Naples proches des décors que le peintre esquissait alors. L'habitude venant, il peut, lors de la reprise du ballet à la fin de 1920, assurer la fabrication du cheval conçu pour la création mais qui n'avait pu être réalisé par Picasso, lequel le félicite alors pour l'exactitude *scrupuleuse* de son exécution (*Il n'y a que toi qui sais…*). C'est donc encore à Picasso qu'il demande en 1922 de concevoir le décor de son *Antigone* adaptée de Sophocle, avant de lui rendre à nouveau hommage dans *Le Secret professionnel*, où il souligne leur commune exigence : *Son tableau est un tableau. Il vit seul. Il ne renseigne sur rien d'autre. Tel doit être le poème.* Mais Picasso se fait comme toujours attendre et Cocteau craint jusqu'au dernier moment de ne pas recevoir son décor. Ce n'est que l'avant-veille de la première que Picasso vient au théâtre de l'Atelier pour sortir de sa poche un bout de papier froissé tenant lieu de maquette. Il lui suffira de passer une planche à la sanguine pour donner l'illusion d'un sol de marbre et de faire surgir trois colonnes doriques en usant d'une seule bouteille d'encre, avant de repartir en confiant à Cocteau le soin d'exécuter certains des masques qu'il s'est contenté de dessiner.

Cocteau est si familier des styles du peintre qu'il est capable de tracer des ensembles de points et de lignes inspirés des *Constellations* picassiennes, lesquelles évoquent les cartes du ciel que dressaient les navigateurs polynésiens. Il peut aussi reproduire de mémoire les dessins en tire-bouchon du Malaguène, lequel « authentifie » le Minotaure qu'il a esquissé sur les murs de l'appartement qu'il occupe chez Coco Chanel en inscrivant : *Jean a fait ce Picasso* – le plus beau des compliments à ses yeux. Comment ne serait-il pas tenté de mettre un signe égal entre eux ? Comparant les dessins néo-classiques qu'il fait de Radiguet endormi à ceux que Picasso fait d'Olga rêvant, il voit dans leur tendance commune à représenter des figures à l'abandon, offertes à leur désir, le révélateur de leur complicité.

La ressemblance s'arrête là. Sans doute la littérature est-elle un art plus chronophage que la peinture : on peut exécuter une toile sans dessein, un livre de deux cents pages exige une longue réflexion. Mais Cocteau montre un réel attachement aux formes qu'il emprunte, comme aux êtres avec qui il collabore, quand Picasso s'en détache insensiblement. Et ses mues le fatiguent alors qu'elles ne semblent pas coûter grand-chose au peintre, chez qui elles restent épidermiques. À peine s'est-il trouvé un territoire artistique que Cocteau en voit les limites ; tout juste s'est-il forgé une identité qu'il souffre de son manque d'assise ; faite d'ondes et de nerfs, sa personnalité a besoin d'un tiers pour tourner à plein régime. Sans l'adolescent fugueur que déjà il célèbre comme son maître, aurait-il même eu la force d'en revenir à Ronsard et Stendhal ?

Cocteau craint logiquement le verdict de Picasso plus que Picasso le sien, quand il dessine. Seul le regard approbateur du peintre peut lui redonner force et courage lorsque l'entrain lui manque. Son silence à l'inverse l'accable. Reconnaissant sa dette, Cocteau donne le nom du peintre à l'art poétique qu'il publie en 1923. L'une des premières monographies consacrées au Malaguène, *Picasso* célèbre leur redécouverte commune des règles antiques. Le poème qu'il lui consacre la même année dans l'admirable *Plain-Chant* dit en même temps l'effet puissamment moderne de Picasso : *J'ai peine à soutenir le poids d'or des musées,/ Cet Immense vaisseau./ Combien me parle plus que leurs bouches usées/ L'œuvre de Picasso.* Il ajoute cette note tendrement amoureuse à son panégyrique : *Les muses ont tenu ce peintre dans leur ronde,/ Et dirigé sa main,/*

Pour qu'il puisse, au désordre adorable du monde,/ Imposer l'ordre humain.

Cocteau a beau combler Picasso de textes et de dessins, lui cueillir des poires devant la maison de Cézanne à la Sainte-Victoire ou chercher sur les plages du Piquey des objets dignes d'entrer dans ses sculptures, le Malaguène ne répond que par des messages en morse. Le dieu hindou *aux cent mains* manque de doigts, dès qu'il s'agit d'entretenir leur correspondance : le temps est loin où il répondait en long et en large à Gertrude Stein, sa toute première collectionneuse, ou ajoutait un portrait d'Apollinaire au billet qu'il lui destinait. Difficile donc de savoir sa réaction à ces vers et à ces louanges, même s'il est certain qu'il les a lus avant de les ranger dans ses cartons.

Cocteau sachant que tout l'entourage de Picasso a droit à un même traitement, il se résigne à être seul à espérer – *Je t'aime, est-ce que cela te regarde ?* demandait Goethe. Lorsqu'il se décide à publier en 1924 les meilleurs de ses dessins, dont deux portraits de Picasso, c'est à ce dernier qu'il les dédie : *Les poètes ne dessinent pas. Ils dénouent l'écriture et la renouent ensuite autrement. Vers quatre heures du matin leur porte-plume marche tout seul. C'est pourquoi je me permets de te dédier ces cinquante croquis faits sur des buvards, des nappes et des dos d'enveloppe. Sans ton conseil je n'aurais jamais osé les réunir.* Il n'a qu'à recevoir, alors qu'il est à nouveau malade, le petit chien en carton découpé que lui expédie son voisin de la rue La Boétie – il remue la queue au premier geste – pour se sentir mieux. Ce fétiche devient l'ambassadeur, dans sa chambre-atelier de la rue d'Anjou, d'un créateur qu'il compare à ces hommes-mères dont Nietzsche dit qu'ils échappent à toute critique, leur fécondité les occupant *tout entier*[*s*]. Tout ce que fait Picasso porte bonheur.

C'est que ce dernier concilie l'homme et la femme, le taureau furieux et le matador furtif, le mandoliniste sentimental et le prédateur cruel. Le couple est querelleur, *dans aucun ménage on n'a cassé autant de vaisselle*, précise Cocteau, mais il s'aime assez pour s'unir chaque nuit et accoucher à l'aube d'un petit Pablo tout neuf, déjà oublieux de ce que l'ancien a fait la veille – un Phénix du beau. Picasso ne s'attache même plus à parfaire ses tableaux, il préfère les *dépeindre* pour donner l'impression de l'improvisé. Chaque pièce n'est plus que le maillon d'une chaîne de productions possibles qu'il étend au maximum ; la toile, la sculpture, le dessin, la caricature n'ont presque plus d'importance en soi, dans ce gigantesque *work in progress*. Plutôt que d'exploiter ses trouvailles, Picasso les laisse tomber comme des fruits mûrs, l'art ne résidant pas dans la répétition d'une audace mais dans une rupture permanente. De même que Borges pourra dire que tout livre n'est que la recomposition dans un ordre aléatoire d'éléments tirés d'ouvrages *déjà écrits*, tout peut rentrer dans les toiles de Picasso, que ces motifs soient issus de la peinture ou de la réalité. *Dans mes tableaux je mets tout ce que j'aime*, dira-t-il, *tant pis pour les choses, elles n'ont qu'à s'arranger entre elles.*

Quoique plus intelligent que la plupart, Picasso n'est pas un intellectuel. Il ne laissera aucun écrit théorique, au contraire de Kandinsky, de Klee ou de Kupka, les pères fondateurs de l'abstraction : il pense avec la main et compose avec son corps. *Il se vide lui-même et dès le moment où il a achevé de se vider, il doit recommencer à se vider, tant il se remplit rapidement*, note Gertrude Stein, injuste en l'occurrence – *Elle confond deux fonctions*, répliquera Picasso.

Cocteau l'admet après sept années d'amitié : *Ces hommes n'ouvrent jamais rien pour les autres. Ce qu'ils ouvrent, ils le ferment.* Les leçons de Picasso ne valent que pour lui, l'imiter serait se condamner à la stérilité. L'écrivain a pourtant ses atouts, le triomphe en 1923 de ses *Enfants terribles* le lui a prouvé. Mais l'accumulation de ses fulgurances donne le vertige et sa virtuosité empêche parfois qu'on voie plus profond en lui. Ne gagnerait-il pas à s'exprimer plus simplement et à se faire plus mystérieux, à l'instar de Picasso, ce bloc sur lequel on se projette avec profit ? Il travaille lui aussi d'arrache-pied, mais un peu dans tous les sens et sans toujours prendre de recul. Il craint parfois d'aimer *trop de choses et de gens*, comme il l'avouait dans le livret de son « David », et se demande s'il ne lui manquerait pas ces œillères capables de contenir un créateur dans un domaine. *Mon front pour mon cerveau n'est pas assez puissant*, disait-il dans son tout premier recueil : un génie se doit d'être fort pour en imposer et cette force, Cocteau doit parfois la chercher chez d'autres.

Qu'il aime en solitaire Radiguet ou attende en vain un signe de Picasso, son existence s'ancre enfin : il les remercierait presque de l'endurcir. Ces machines célibataires ont beau le blesser à l'occasion, ses souffrances lui offrent un surcroît de vie. Il préfère aimer qu'être aimé, quoi qu'il en soit : il éprouve alors toutes les nuances de sa nature, exaltées par l'espérance, jusqu'à cette douleur que les chirurgiens disent *exquise*. Doué pour souffrir, depuis que la maladie lui a offert ses premières joies en le clouant au lit avec des maquettes de décor à construire, il va jusqu'à s'enorgueillir de se voir diagnostiquer une maladie que seul l'ambassadeur de Chine aurait contractée avant lui.

Il ne peut s'empêcher d'aimer les êtres cruels. Il est de la race du verre, Radiguet et Picasso de celle du diamant ; son destin est donc de saigner comme le leur est de blesser. Pourquoi s'en plaindre ? On le sait depuis les Grecs, protester c'est se punir en aggravant son cas.

Je souffre mille morts avec mon cœur trop tendre
Mais une âme inflexible ordonne cet enfer
Mon cœur a beau jurer elle ne veut l'entendre
Et le maintient debout sur sa tige de fer, écrit-il dans *Plain-Chant*.

Au même titre que le mimétisme, ses souffrances sont l'un de ses meilleurs ressorts. Il sait tirer d'elles un surcroît de poésie afin de prouver à ses « bourreaux » qu'il les vaut, artistiquement. *Pierres que je reçois vous faites ma statue*, écrit-il dans son *Procès de l'Oiseleur*, un des poèmes qu'il va écarter en 1927 de son recueil *Opéra*. Il y avoue sa dépendance envers des coups qui le mettent au centre de l'attention et contiennent *Jean qui saute d'un monde à l'autre*, comme il se nomme parfois : il n'y aura que lui pour montrer, dans son film *Le Sang d'un poète*, le sang couler à gros bouillons de la bouche du poète-enfant et donner à son agonie l'intensité d'un orgasme.

Ce masochisme a ses limites. Le souvenir douloureux des conflits suscités par *Parade*, où Picasso a tant tiré la couverture à lui, le pousse à refuser que Rolf de Maré, l'homme des Ballets suédois, fasse appel au peintre pour les décors de ses *Mariés de la tour Eiffel* en 1921. Réciproquement, Picasso ne donnera pas suite lorsque Étienne de Beaumont lui proposera d'engager Cocteau pour écrire l'argument de *Mercure*, un ballet dont le peintre va réaliser les décors sur une musique de Satie, qui ne souhaitera pas plus collaborer avec Cocteau, lequel les a pourtant fait se connaître. Cocteau louera cependant la contribution de Picasso à ce *spectacle somptueux*, avec le zèle qu'il montre quand les choses menacent de lui échapper.

Picasso s'éloigne donc, mais Cocteau est trop pris par Radiguet pour en souffrir. Les progrès de l'adolescent l'occupent entièrement depuis le triomphe du *Diable au corps* en 1921. Il faut le dissuader de boire, de courir trop de femmes et de dormir à la cloche de bois. Le chaperonner est presque un emploi à plein temps : Cocteau doit régulièrement l'arracher à cette vie de bohème pour l'entraîner loin de Paris, si possible à la mer, et l'obliger à écrire à heure fixe. Cette *usine de cristal* en a besoin pour échapper au fracas qui la menace.

Cocteau le harcèle tant pour qu'il achève *Le Bal du comte d'Orgel* que c'est un Radiguet épuisé qui rentre du Piquey, à l'été 1923. L'écrivain fait à nouveau appel au docteur Capmas, qui n'avait pas su sauver Apollinaire, mais Capmas n'est pas plus capable de diagnostiquer la fièvre typhoïde dont souffre Radiguet, lequel finit par s'éteindre à l'approche de la Noël. Anéanti, Cocteau ne trouve pas même le courage de se rendre aux obsèques à l'église Saint-Honoré-d'Eylau, où Picasso et Olga croisent tout ce que Paris compte de personnalités singulières. Dévasté par la culpabilité d'avoir trop poussé *Bébé* au travail et de ne pas avoir su le soigner, il ne se sent pas de taille à affronter Paris, qui le rebaptise cruellement *Le veuf sur le toit*.

Sa chambre elle-même n'est plus un abri : l'adolescent revient chaque nuit l'accuser de l'avoir tué. Il se réfugie dans l'opium, auquel un musicologue l'a initié. Il tue le temps allongé sur une natte, dort *d'interminables sommeils d'une demi-seconde* où il perd le peu de sens de la réalité qui lui reste. Une impression horrifiante le saisit, dans l'ascenseur qui le mène un jour chez Picasso, rue La Boétie ; celle de grandir côte à côte avec *je ne sais quoi de terrible et qui serait éternel* – le fantôme du tout jeune mort qui l'accuse dans son délire opiacé de tous les maux. Une voix venue de nulle part lui souffle : *Mon nom se trouve sur la plaque !* l'obligeant à baisser les yeux. Il découvre que la marque du mécanisme qui le hisse vers le ciel n'est plus Otis-Pifre, comme la veille encore, mais Heurtebise. *Mais tout est miracle !* s'exclame Picasso quand il lui fait part de cette découverte affolante. *C'est aussi un miracle de ne pas fondre dans son bain comme un morceau de sucre !*

Cocteau trouve pour la première fois la force de se mettre au travail. Il rédige en quelques heures *L'Ange Heurtebise*, un poème qu'il tiendra toujours pour le seul dont il ne pourrait changer une lettre – aussi décisif dans son parcours que *Les Demoiselles d'Avignon* dans celui de Picasso, ajoute-t-il. Mais le miracle ne se reproduit pas. L'ascenseur retrouve son nom d'Otis-Pifre, l'adolescent revient hanter ses nuits et l'inspiration le déserte à nouveau.

Tant qu'il avait *Radiguo* sous la main, Cocteau avait une personnalité à sculpter. *J'ai formé Radiguet pour réussir à travers lui ce à quoi je ne pouvais plus prétendre*, écrit-il dans *Jean l'Oiseleur*. Le jeune écrivain disparu, il ne parvient plus à réhabiter son œuvre. Assailli de pensées suicidaires, certain aussi qu'il achèverait sa mère en se tuant à son tour, Cocteau se réfugie un peu plus dans la bulle enchantée de l'opium. Ses nausées s'estompent dès qu'il retrouve ses boules quotidiennes de *chandôo*, la natte sur laquelle s'allonger, les complices avec qui fumer et cette odeur dont Picasso, qui tira sur le bambou à l'époque du Bateau-Lavoir, assurait qu'il n'y en a pas *de plus intelligente sur terre. On parlait, on était heureux*, écrit Fernande

Olivier, la femme qui partageait alors sa vie, en évoquant ces nuits opiacées qui inspirèrent à Picasso ses saltimbanques faméliques ; *tout devenait beau, noble ; on aimait l'humanité entière.*

Mais après des semaines passées à naviguer sur ces cumulus nauséeux, Cocteau se sent plus irréel que jamais. Il n'a que la force de rassembler le manuscrit du *Bal d'Orgel,* qu'on va lui reprocher d'avoir *entièrement* réécrit, et de dévisager dans les miroirs son être en ruine. Il tente de saisir les variations de sa météo intime dans une série de dessins qu'il intitule *Jean l'Oiseleur* et qui l'imposent en chronophotographe de son moi dévasté. En repensant au garçon qui s'était suicidé par amour pour lui, lors d'un séjour à Venise avec sa mère, comme à la mort sur le front en 1917 du jeune poète Jean Le Roy, qu'il tenait déjà pour un disciple d'exception, il en vient à se demander s'il ne porterait pas malheur. Pourquoi ses *anges* peinent-ils autant à vivre et meurent-ils prématurément ? *Picasso est à tu et à toi avec la vie. Moi c'est avec la mort,* confie-t-il à Maurice Martin du Gard.

Sur la pression de son entourage, il trouve la force de se remettre au travail. Il esquisse l'argument d'un ballet situé dans le train reliant Paris à la Côte d'Azur et qui doit célébrer la découverte de la mer et du soleil, du tennis et de la natation. Picasso accepte d'en composer le rideau d'avant-scène et pour l'occasion ressort une petite gouache montrant des femmes courant sur une plage, qu'il fait agrandir vingt fois par un assistant.

La première du *Train Bleu* passée, Cocteau sombre à nouveau.

Il subit sa première cure de désintoxication au printemps 1925, dans une clinique de la rue Chateaubriand. Après quelques jours de sevrage horrible il trouve assez de ressource pour écrire à Picasso : *Tu es la vie, si je te voyais je sortirais de mon trou, mais on ne me laisse voir personne*. Il émerge à l'air libre après quelques semaines d'un traitement de choc pour retomber aussitôt dans sa dépendance. Rien ne semble pouvoir le remettre sur pied.

L'opium ne pouvant remplacer Radiguet et Radiguet le ramenant à l'opium, il cherche désespérément une issue. Travaillé par Max Jacob, qui l'encourage à prier, recueilli par les Maritain, un couple qui aime convertir les écrivains en déroute, Cocteau fait dans leur maison de Meudon la connaissance d'un moine buriné par le soleil du désert algérien qui porte la robe du père de Foucauld. Il émane une telle paix de cet ermite hors du commun que Cocteau ressort bouleversé de leur rencontre. Lui qui a toujours pressenti une quatrième dimension derrière le théâtre de notre existence, retrouve la foi de son enfance. Il communie à nouveau avec ferveur en invoquant cet Au-delà où les âmes sensibles se retrouveront un jour. L'hostie vaut soudain tous les chefs-d'œuvre du monde.

Picasso avait déjà vu Max Jacob, le premier de ses poètes-lauréats, abandonner le judaïsme familial pour se convertir au christianisme, il avait même accepté d'être le parrain de son baptême. Mais Jacob avait été pour une fois discret, et Cocteau va l'être moins. Impatient de faire savoir à tous qu'il a trouvé un remède à son mal-être, le poète justifie publiquement son retour à Dieu et se change à son tour en prosélyte. Il vit de cette illumination publique jusqu'à ce qu'un différend littéraire l'oppose à Maritain et qu'il publie les lettres qu'ils ont échangées. Sa sincérité se voit de nouveau mise en doute. Comme si l'aboyeur de *Parade* cherchait encore à rameuter les foules pour un spectacle inexistant.

Le froid

Les astres cessent de s'aligner dans le ciel des deux amis. Heureux en amour, triomphant en art, comblé par l'apparition de Paulo, alias Pablito, le petit mâle à qui Olga a donné vie en 1921, Picasso se révèle bien moins disponible. Tout à son art et à sa famille, il espace leurs retrouvailles et laisse les lettres de l'écrivain sans réponse, malgré les *Je t'aime* qui les concluent. Réduit à le faire inviter par sa mère, sans plus de succès, Cocteau découvre comme il est délicat de rester l'intime de Picasso, la séduction passée.

Il a eu ses portraits et son monogramme, ses costumes et ses décors (*Parade*, *Antigone*, *Le Train Bleu*), qu'espérer encore d'un créateur qui, après avoir pillé ses amis, s'en protège superstitieusement ? Quelle place occuper dans le couple que le peintre forme avec lui-même, depuis qu'Olga en a fait un quatuor ? Cocteau ne sait plus sur quel pied danser, avec cet ami capable de lui jeter des regards d'une indifférence abyssale après l'avoir contemplé *d'un œil mouillé*, à la mort de Radiguet. Son sort a beau rester préférable à celui de Max Jacob, décrétée *persona non grata* par Olga, il devient chaque jour moins confortable. Le peintre reste son étoile, mais elle ne chauffe plus. *Pourquoi n'écris-tu jamais ?* lui demandait-il déjà à l'automne 1922.

Il y a eu des signes avant-coureurs. En 1917, Mauriac a vu Cocteau lire *Le Cap de Bonne-Espérance* devant une assemblée parisienne s'exclamant *C'est le poème de l'époque !* en présence d'un *Picasso pince-sans-rire et qui s'en fout.* Dès le succès de scandale de *Parade*, ce même Picasso soufflait à ses proches : *Je suis la comète, Cocteau est une étincelle dans ma queue.* Dans sa préface de 1919 à son *Coq et l'Arlequin*, Cocteau disait de son côté aimer les Arlequins de Picasso, mais réprouver le personnage bariolé qui se cache sous ses masques *après avoir renié au chant du coq.* Parce qu'il redoutait déjà que Picasso ne le désavoue, comme il l'avait fait avec Apollinaire ?

C'est que le Malaguène se montre depuis peu sensible à l'enthousiasme d'un groupe de jeunes poètes ayant pris leurs distances avec Tzara et lui déclarant en toutes occasions leur admiration. Or ces ex-dadas menés par André Breton vomissent le passé mondain, l'homosexualité assumée et le mimétisme passionné de Cocteau, sa redécouverte de Dieu plus encore. Et Breton ambitionne lui aussi de succéder à Apollinaire comme fédérateur de l'Esprit nouveau – c'est même dans l'appartement de ce dernier que Picasso et lui se sont pour la première fois croisés, la veille du décès de l'auteur d'*Alcools*.

L'objet d'une cour assidue, Picasso reste comme souvent méfiant. Mais Breton persuade le couturier Jacques Doucet d'acquérir fin 1921 *Les Demoiselles d'Avignon* et se montre plus qu'enthousiaste pour son *Mercure*, au contraire de la presse parisienne. Prêt à tout pour évincer Cocteau, il en vient à répandre mille bruits sur le refroidissement de ses liens avec Picasso. Un journal publie une fausse interview de Max Jacob mettant en doute la « conversion » de Cocteau, à qui la rumeur prête des propos atroces sur ce même Jacob. Des lettres apocryphes se croisent sur les bureaux des deux poètes pour rappeler à Jacob tous les *emprunts* poétiques que Cocteau lui aurait faits, ou monter contre lui ce dernier, qu'il trahirait chaque jour. Picasso aurait confié à Jacob en être venu à détester Cocteau.

Comment faire la part du vrai et du faux dans ces rumeurs ? Jacob a un tel besoin de blesser avant de se faire pardonner, pour mieux recommencer à encenser ! Capable de comparer son amour pour Picasso à celui de Marie Madeleine pour le Christ – *Tu es ce que j'aime le plus au monde après Dieu et les saints*, lui jure-t-il dans un envoi –, avant de qualifier le peintre *de Christ démoniaque*, Jacob reste l'un des êtres les moins fiables qui soit. Picasso l'est déjà plus, aux yeux de Cocteau, mais jusqu'à quand ?

En juillet 1923, pour l'ultime manifestation parisienne de Dada au théâtre Michel, Breton, Soupault et Éluard viennent interdire la lecture de poèmes de Cocteau, que Tzara a invité aussi. Mais en constatant la présence de Picasso dans la salle, ils décident *in extremis* d'y surseoir pour ne pas indisposer le peintre. Ce dernier étant mis lui-même en cause par le jeune Pierre de Massot, deux autres membres du groupe surréaliste, Desnos et Péret, montent sur scène pour s'emparer du jeune poète et le tenir en joue tandis que Breton lui casse le bras à coups de canne – une arme appréciée aussi par les Camelots de l'Action française. Destinée à détrôner Tzara de sa place à la tête de l'avant-garde et Cocteau du piédestal sur lequel *Parade* l'a placé, la soirée a tout d'un petit putsch artistique.

Breton obtient alors de Picasso le Graal : un portrait dessiné où son magnétisme irradie le papier, qu'aussitôt il reproduit en tête de son recueil de poèmes baptisé *Clair de terre*. Grisé par ce premier succès, le chef de file des jeunes surréalistes redouble ses attaques contre un Cocteau qui a eu le tort d'arriver *avant* lui dans l'entourage d'Apollinaire et de Picasso, et qu'il rêve d'exclure *rétrospectivement* de leur parcours. Ses troupes se mettent à harceler celui qu'il traite de Fregoli et compare au *fopoïte* (faux poète) Paponat, personnage clef du *Poète assassiné* d'Apollinaire. *Nous parviendrons bien à abattre cette bête « puante »*, s'enflamme Éluard en conseillant à Cocteau le chemin des bains de vapeur tandis que Benjamin Péret s'acharne contre cette *crotte d'ange* qui a le don d'enflammer l'homophobie de Breton.

Cocteau est un imposteur. Il imite, vole, pastiche, faute de pouvoir être lui-même, tranche l'ex-étudiant en médecine, comme s'il livrait un diagnostic psychiatrique. Lui aussi connaît pourtant cette tendance à s'altérer au contact d'hommes d'exception : il dira s'être retrouvé paralysé devant Trotski, durant leurs rencontres au Mexique.

Sa stratégie est en attendant couronnée de succès. Un an après que *La Révolution surréaliste* a reproduit pour son premier numéro *Guitare*, une construction en métal peint de Picasso, ce dernier est la vedette de la première exposition du groupe, fin 1925, parmi des toiles de Chirico, d'Ernst, de Miró et de Klee. Breton qualifie *ex cathedra* la peinture de Picasso de surréaliste, en précisant qu'elle l'est depuis 1909 – un exploit rétroactif qui n'échappe pas à l'intéressé. *Mais voyez ces surréalistes ! Comme ils sont malins ! Ils ont trouvé que ces dessins répondaient parfaitement à leurs idées abstraites*, lance un an plus tard Picasso au sujet de ses *Constellations*. Il laisse pourtant faire les hommes de Breton, tout en ironisant sur une peinture qui se borne à *faire apparaître sur la toile une colombe dans le derrière du chef de gare !* et qui se condamne à l'académisme, par son recours systématique aux symboles. Longtemps Picasso tolérera d'être qualifié de peintre surréaliste, ce qu'il n'est nullement, à la grande satisfaction de Breton.

Cocteau s'était cru le seul écrivain à pouvoir comprendre *sur-le-champ* Picasso. Il découvre avec dépit que ce dernier a besoin de faire admirer son travail par des zélateurs renouvelés, en l'occurrence ses pires ennemis. Certes, le peintre se gardera d'intervenir dans le conflit sanglant qui l'opposera à Breton, quarante ans durant, mais cette seule réserve suffit à faire dire à Cocteau que Picasso, dans son donjuanisme artistique, n'a plus besoin de lui pour chanter ses prodiges. Il y avait bien eu *fertilisation croisée des esprits*, pour citer John Richardson, mais l'échange est devenu trop inégal.

La frustration de Cocteau est d'autant plus sensible qu'il cherche encore les clefs de l'œuvre de Picasso, en l'imitant. Les invités de Marie-Laure et Charles de Noailles le voient clouer dans leur villa d'Hyères un morceau d'étoffe, des bouts de journaux et de papiers d'emballage sur une toile de jute et signer le tout *Picasso*. Il présente ensuite ce collage cubiste à Bernard Berenson et accule le spécialiste de la Renaissance à ne pas pouvoir dire *pourquoi* ce « Picasso » n'est pas de l'art alors que le Parthénon incarne à l'inverse le *beau idéal éternel*, suscitant des fous rires qui chassent l'érudit humilié. Mais Cocteau est loin de maîtriser encore toutes les techniques du Malaguène, assez nombreuses il est vrai pour nourrir une vie.

Le maître se montre d'ordinaire assez complaisant envers ceux qui le copient. On l'a même vu répondre à un homme qui lui lançait : *Monsieur Picasso, j'aimerais vous montrer un de vos dessins ! — Certainement. C'est de moi.* Mais il n'aime pas trop qu'on l'imite *sur la durée* et préfère qu'on apporte des variations à son travail. Longtemps flatté par le zèle de Cocteau à saisir les ressorts de sa geste, il s'agace soudain de le voir s'inspirer de ses toutes dernières sculptures dans les œuvres que l'écrivain expose à la galerie des Quatre-Chemins, fin 1926. Ces assemblages de cordes et de laiton de débourre-pipe, de punaises, d'épingles à cheveux et de bougies rappellent vraiment trop les guitares synthétiques qu'il a montrées au printemps – des tableaux-objets faits de coupures de journaux, de bouts de ficelle et de tissus réconciliant peinture et sculpture.

Au dire du futuriste Severini, Picasso prend plus mal encore de voir Cocteau justifier indirectement ses « emprunts », dans la préface du catalogue édité par sa galerie, en arguant qu'un fermier trouvant les bras de la *Vénus de Milo* dans son champ n'a pas à les rendre à Vénus, puisqu'ils lui appartiennent. *Je ressens un malaise presque physique chaque fois que je m'aperçois que l'on m'imite*, écrit le peintre dans sa « Lettre sur l'art », après s'en être pris à tous ceux qui singent son art, ses travaux et jusqu'à ses tics. *Ce que j'aime le moins chez les autres, c'est moi*, disait Picabia ; ce que Picasso reproche à demi-mot à Cocteau, ce pourrait bien être sa propre tendance au pillage.

Habitué à servir de rôle-modèle depuis son arrivée à Paris, Picasso connaît les risques de l'identification qu'il peut susciter. Il n'a pas oublié Casagemas, le compagnon catalan de ses débuts parisiens qui, frappé d'impuissance sexuelle et artistique, se suicida à vingt ans après s'être montré incapable de sortir de son ombre et de conquérir une danseuse du Moulin-Rouge avec qui Picasso avait entre-temps couché. Ou encore Georges

Bemberg, ce richissime héritier argentin qui, après lui avoir ouvert les portes d'un studio jumeau du sien dans sa maison de Yerres, poussa l'hommage jusqu'à épouser une ballerine russe, avant de signer des « Picasso » par dizaines et de finir interné. Il redoute comme la peste ces voleurs d'âme, depuis.

Après avoir longtemps couvé, l'abcès crève quand Cocteau découvre, dans *L'Intransigeant* du 19 octobre 1926, la traduction de l'interview que Picasso a donnée à *La Publicitat*, un journal catalan. *Cocteau c'est une machine à penser*, lit-il. *Ses dessins sont fort gracieux ; sa littérature très journalistique. Si on faisait des journaux pour intellectuels, Cocteau servirait chaque jour un nouveau plat, une élégante pirouette. S'il pouvait vendre son talent, nous pourrions aller toute la vie à la pharmacie acheter un cachet de Cocteau sans arriver à épuiser son talent.* Ce dernier n'en croit pas ses yeux : Picasso, qui reste toujours très prudent en public… Picasso, qui méprise ouvertement la presse et ne lui accorde *jamais* d'interview, n'estimant pas devoir s'expliquer… *Une littérature très journalistique ! Un abonné aux pirouettes ! Des plats à vendre et des médicaments à distribuer…* Comment l'artiste comptant le plus pour lui peut-il offrir de telles armes à ses adversaires ? Les gens pourraient croire qu'il n'a *jamais* été son intime ; la presse pourrait le ridiculiser auprès de la jeune génération ; tout serait à refaire, une fois encore…

Sa mère est la seule personne à qui Cocteau peut s'ouvrir, dans ces cas-là. Celle à qui il a pu écrire : *Berce-moi.*

Porte-moi comme tu me portais dans ma chambre, rue La Bruyère, sait l'entendre et le réconforter. *Ma chérie,* lui confie-t-il, *j'ai reçu hier le coup le plus dur de toute ma vie* [...] *Picasso s'exprime sur moi comme mes pires ennemis* [...]. *Je ne me suis pas jeté du balcon à cause de toi et de l'Église* [...]. *Je crois que je n'aurai jamais la force de revenir en ville* [...]. *Prie pour moi. Je souffre atrocement.*

Il avait déjà eu des preuves de la cruauté de Picasso, cette fois c'en est trop. Il lui faut rester aux yeux de tous son ami, quel qu'en soit le prix...

À moins que le journal catalan n'ait interviewé le très pervers Picabia, qui se trouvait à Barcelone en même temps que Picasso ; Picabia, dont l'intervieweur – pourtant espagnol – aurait pu écorcher le nom en Pica*bio*, avant qu'un typographe parisien ne croie bon de corriger son erreur en écrivant Pica*sso*. Une proximité phonétique dont ce dernier sait à l'occasion jouer, au point de donner le nom de Picabia lorsqu'il est impliqué dans un incident fâcheux. Ça doit être ça... Oui, c'est cela !

Avec l'énergie qu'il met à défendre ses propres mensonges, Cocteau se convainc d'en persuader Picasso. Il lui *conjure* par télégramme, *au nom de Paulo*, de publier un démenti dans la presse tout en sachant que le peintre n'en fait jamais. Picasso ne lui répondant comme toujours pas, il prend lui-même la plume pour donner sa version « picabienne » des faits dans *L'Intransigeant*. Un compromis pathétique, mais il n'a pas le choix. L'Espagnol n'aurait pas bougé, sinon.

Le hasard fait à peu de temps de là se croiser Mme Cocteau, Olga et Picasso dans un grand théâtre parisien. La première leur dit d'emblée quel soulagement son fils et elle ont éprouvé en découvrant que l'interview n'avait pas été donnée par lui : *N'est-ce pas, ce n'est pas vous ?* ajoute-t-elle inquiète. Et Olga de répondre : *Non ce n'est pas lui*, avant que Picasso ne confirme cette version d'un geste en répétant la phrase. À défaut d'être spontanée, la rétractation était publique.

Picabia ayant cependant démenti être le responsable des propos tenus dans *La Publicitat*, Cocteau écrit à Picasso : *Toi qui ne parles jamais de personne – toi qui refuses de « parler » tu as parlé – et de qui ? De moi qui t'adore, qui suis prêt à mourir pour toi et les tiens.* Mais là encore sa lettre reste sans réponse, Picasso préférant parler à ses tableaux. Il doit se contenter de répandre partout *sa* version, qui a le mérite de sauver son honneur tout en absolvant Picasso. Baisant la dague qui l'a blessé, avec cette affectivité fébrile qui lui sert de colonne vertébrale, Cocteau finira, dans une lettre à *ses amis chéris* de la rue La Boétie, par s'excuser d'être empêché par la maladie de pouvoir accrocher à leur arbre de Noël son cadeau pour le petit Paul.

Gertrude Stein, qui connaît bien Picasso, donnera plus tard sa version des faits. Croisant à Barcelone un ami d'enfance devenu patron de presse, le peintre aurait accordé une interview en *catalan* à *La Publicitat*, sachant qu'elle avait peu de risques d'être publiée en espagnol.

Mais le journal était parvenu à Paris et l'entretien s'était vu traduit, au grand embarras du peintre. Certain que Cocteau allait lui demander des explications, Picasso aurait demandé à sa femme de chambre de répondre qu'il n'était pas là quand il appellerait, avant qu'Olga ne lui sauve la mise au théâtre. On le sait aujourd'hui, Picasso ne disait mot de Cocteau dans son interview ; ce sont les surréalistes qui, obtenant en avant-première l'original de *La Publicitat*, y ajoutèrent le passage concernant Cocteau, dans la traduction publiée par *L'Intransigeant*. Jamais Cocteau ne l'apprit, pas même de la bouche de Picasso, qui jamais ne répondra à ses demandes répétées de démenti. C'est ainsi que ce dernier agira toujours, ou plutôt n'agira pas – *Je ne suis pas un gentleman*, avait-il griffonné à la porte de son atelier de la rue La Boétie.

Cocteau aura beau affirmer que *jamais* Picasso n'épousa l'interminable querelle que les surréalistes lui firent – preuve de son indifférence aux intrigues –, Breton est en passe de les brouiller, après une décennie d'amitié. Mais c'est à Cocteau, dans l'esprit retors de Picasso, de garder foi en leur amitié et de ne pas donner crédit à la malveillance surréaliste : le coupable est presque toujours la victime, à ses yeux.

Il ne reste plus à Cocteau qu'un recours, Max Jacob. Le premier poète-lauréat de Picasso sait toute la cruauté dont est capable un peintre qui le fit attendre six mois avant d'illustrer son *Cornet à dés* (1916), qui parla d'un *chef-d'œuvre* à un ami commun avant d'ajouter pour

Jacob, accouru afin de s'entendre chanter louanges : *Je ne l'ai pas lu.* Son frère en masochisme, Max réconforte Cocteau en lui assurant que personne n'échappe à l'ingratitude de leur ami ou en lui confirmant qu'il est un diamant et que si un diamant peut consoler, il ne sait pas aimer. Dotés de la même gaieté triste et d'une semblable tendance à l'exagération, Cocteau et Jacob aiment se livrer à des surenchères d'humilité suspecte et de mégalomanie croisée. Faisant assaut de lucidité cruelle, ils se réconfortent en se mettant à tour de rôle plus haut que quiconque – Picasso compris. *Je t'aime de m'aimer*, dira un jour Jacob : Cocteau aurait pu en dire autant.

Il reste quelque chose de ces crimes du cœur, confie le second au premier au début de 1927. Il s'essaie en même temps à les éclairer : *Picasso déteste tout et se déteste lui-même. Il veut faire l'infaisable et l'exige des autres.* Comme si l'exceptionnelle ambition du peintre expliquait sa dureté : ils restent ainsi égaux dans l'exigence sans merci de Picasso. Une culbute dialectique qui aide Cocteau à sauver la face.

Picasso ne trahissait-il pas une vraie admiration pour la diversité de ses talents, dans son interview ? Ne lui fallait-il pas un certain courage pour rester aussi chaleureux envers lui, sachant les pressions qu'il subit de la part de Breton ? Le peintre est si peu loquace qu'on peut lui faire dire tout et son contraire, quoi qu'il en soit. Fort de ce raisonnement par l'absurde, Cocteau accepte de bonne grâce son invitation à déjeuner, lorsqu'il le croise par inadvertance avec Olga, à quelque temps de là.

Le repas suffisant à ressusciter l'être charmant que Picasso sait aussi être, Cocteau se décide à tout pardonner, en victime noble et oublieuse. Sa sensibilité envahissante aidant, il compatit déjà aux remords que Picasso conçoit *forcément* pour le mal qu'il lui a fait. Adepte de la réversibilité des souffrances, un principe chrétien selon lequel les peines de l'innocent allègent les fautes du coupable, il aurait pris pour un peu Picasso dans ses bras, afin d'adoucir son sort…

Le Malaguène n'a pas autant d'états d'âme. Lui qui déteste regarder en arrière a l'habitude de voir son entourage se sacrifier à son œuvre : après son père, ses compagnons de bohème et ses maîtresses. Et il ne doute pas qu'ils en tirent *aussi* un certain profit. *Quel contentement doit éprouver la créature de mourir pour son créateur !* disait saint François d'Assise dans ses *Panégyriques*, en évoquant la joie du Christ agonisant pour nous. Cocteau rêvait secrètement de devenir Picasso ? Il ne peut honnêtement se plaindre de ne pas y être parvenu. Il éprouve le besoin d'être l'intime d'autres gloires pour asseoir la sienne ? Tant pis pour lui.

Comme Braque autrefois, qu'il n'a pas cherché à revoir à son retour du front, l'écrivain n'est plus indispensable à Picasso. Rien n'existant pour ce dernier que son atelier et son œuvre, son système existentiel est basé sur la soustraction – *Je me suis créé une solitude que personne ne soupçonne*, dit-il. Cocteau a beau le savoir – *Il travaille comme d'autres vivent,* a-t-il pu dire. *Et il vit comme les autres dorment. Sa manie est la manie de peindre* –, il en reste stupéfait et meurtri comme ces héros antiques que les dieux font tomber dans le piège contre lequel on les avait pourtant prévenus.

Picasso s'éloigne donc sans regret, dix ans après *Parade*. Les appels de Cocteau ne trouvent plus trop d'échos à partir de 1927, quand le peintre devient l'amant de la jeune Marie-Thérèse, avec qui il emménage dans le château normand de Boisgeloup quatre ans plus tard. *Il devient plus difficile de voir Picasso que de s'incliner aux pieds du Pape*, confirme Maurice Sachs, un des jeunes protégés de Cocteau. Solidaire d'Olga-la-bourgeoise et de la vie luxueuse qu'elle lui imposait, Cocteau fait figure d'homme périmé dans l'univers compulsif de l'ogre. Devenu (presque) aussi gênant qu'Olga, que Picasso ne visite plus que de temps à autre, il se rappelle soudain l'accident qui éloigna à jamais la ballerine des planches – il devait tout à la chaise que Picasso lui aurait jetée lors d'une de leurs altercations, assure-t-il aujourd'hui.

De rage, Cocteau ébauche en 1928 *Le Mystère laïc*, un plaidoyer pour Chirico que les surréalistes viennent de rejeter brutalement après qu'il a abandonné la peinture métaphysique. Réponse du berger à la bergère, il y salue l'évolution néo-classique du Gréco-Italien qui, plutôt que de peindre le rêve comme Breton l'exige, conçoit des œuvres qui *semblent dormir*, comme lui-même le fait en poésie. Tout en louant le courage du seul critique à défendre son tournant avec une certaine chaleur, Chirico est aussi le premier à soupçonner Cocteau d'avoir des raisons *personnelles* de le faire, en le voyant expédier en une phrase l'apport de son ami espagnol : *Picasso avalait des sabres. Cela lui laisse un goût amer dans la bouche.* Cocteau ne tardera pas de fait, dans son *Essai de critique indirecte* (1932), à mettre à l'honneur Dalí, lui-même en rupture de ban avec Breton, lequel consacre en retour sa « prise » picassienne en baptisant *Minotaure* le magazine qu'il crée en 1933 avec Georges Bataille.

L'amitié grandissante de Cocteau pour Christian Bérard, le peintre néo-humaniste dont Picasso hait les toiles, n'arrange rien. *Ce que je cherche, c'est le malaise*, dit Bérard, qui s'inspire de l'état lunaire qu'engendre l'opium. Au contraire des surréalistes, qui l'accusent de peindre des eunuques et des ectoplasmes, Cocteau aime ces phoques humains échoués sur des plages à qui Bérard prête sa corpulence poupine et ses doigts boudinés. Il préfère peindre *des dormeurs que des rêves*, écrit-il à Max Jacob, en vantant ces êtres hybrides, mi-enfants mi-vieillards, sur le point de fondre dans l'horizon. Mais ni Chirico ni Bérard n'ont le pouvoir de redonner foi et courage à Cocteau quand il perd pied. Il a beau ne plus chanter le génie de Picasso, il regrette son *œil qui mange tout* et sa redoutable vitalité : *Sans toi la vie est triste*, lui assure-t-il.

Il a fait son temps, il l'admet enfin. Il appartient au passé d'un peintre qui le traite comme ces toiles où il *crucifie des chemises, des ficelles*, et qui vient de retrouver lors d'un voyage en Espagne la passion pour la corrida que son père lui avait transmise. Picasso tend depuis à voir les relations humaines à travers ce legs des antiques jeux du cirque : les figures du taureau ensanglanté et du picador vainqueur conquièrent son œuvre. Il ne va plus tarder à élire le critique d'art qu'est aussi Éluard pour commenter son travail.

Aussi souple et masochiste que Cocteau, l'auteur de *Capitale de la douleur* ne sera jamais aussi expansif dans ses louanges, mais Picasso gagnera avec ce nouveau poète-lauréat l'appui redoublé du groupe mené par le très autoritaire Breton, lequel est maintenu à bonne distance. L'alliance achève de faire de Picasso le soleil artistique du moment alors même que ses *Métamorphoses* trahissent, par leur mollesse onirique, l'influence du biomorphisme cher aux surréalistes, à travers le corps sculptural de la jeune Marie-Thérèse Walter.

Cocteau va suivre l'irrésistible ascension de Picasso durant les années 1930 avec le même dépit que Max Jacob en son temps. Intégré à toutes les expositions surréalistes, l'Espagnol a droit en 1932 à une rétrospective à la galerie Georges Petit et voit l'année suivante son premier tableau entrer dans les collections publiques. Jamais associé à ces événements, Cocteau a l'impression d'être puni pour avoir trop ouvertement favorisé son ascension.

Dieu ayant perdu son effet stupéfiant, il retombe dans l'opium. Conforté par la bohème suicidaire qui trouve porte ouverte dans son appartement de la Madeleine, il recommence à faire de la nuit le jour et du jour, une annexe comateuse de la nuit. D'interminables voyages de quelques secondes le ramènent dans le pavillon du Piquey où Radiguet passa ses dernières vacances avec lui, ou pour rejoindre la chambre où Proust agonisa dix ans plus tôt. Il perd le sens du temps et de l'espace, n'arrive plus à assembler les textes que la fumée lui inspire, une fois revenu à la réalité. La quarantaine atteinte, il s'enfonce dans cette vie d'expédients que Picasso connut durant sa vingtaine misérable au Bateau-Lavoir, mais sans bénéficier de ce solide ego qui permettait déjà au peintre d'écraser ses admirateurs. Le fils de bourgeois ressemble à un puzzle en ruine alors que l'ex-rapin impose son imperium artistique.

Réduit à une nouvelle cure de désintoxication à l'hiver 1928, Cocteau subit les souffrances extrêmes du sevrage avec une endurance déroutante. Coupé du monde dans une clinique sans âme, il réussit à tolérer l'insupportable et trouve dès le huitième jour la force d'écrire à son entourage, au grand étonnement de son infirmière, qui le voit lire un essai sur Picasso. Le colis que ce dernier lui expédie lui arrache des larmes : il arrose les trèfles à quatre feuilles à coup d'eau minérale, garde précieusement les dessins que le peintre y a joints, dont l'un est l'œuvre du petit Paulo, encastre dans une boîte à papillon son dé en carton – un talisman qu'il gardera toute sa vie – comme si ces fétiches allaient suffire à le tirer de l'enfer. Tu es *ce que j'aime, respecte, assimile, devine le mieux au monde*, écrit-il à Picasso.

Arraché à des mois d'hibernation, son corps revit. Ses cheveux suent, ses yeux sortent de leurs orbites, sa bouche tète en permanence l'air ambiant. Le manque creuse en lui un vide d'où s'élève soudain la plainte de milliers d'enfants exigeant le sein. À peine ressorti de la clinique il descend de nouvelles marches vers le néant et retrouve sa dépendance. Il consacre ses dernières forces à composer un monologue pour le théâtre d'une femme abandonnée par son amant qui cherche encore à la retenir en lui téléphonant interminablement, avant leur séparation définitive.

La nuit de la première représentation de *La Voix humaine*, cette générale *intime* à laquelle il a convié en 1930 le Tout-Paris, c'est un autre téléphone qui sonne rue d'Anjou. Une voix sépulcrale annonce à Mme Cocteau que son fils vient d'être écrasé par une voiture – la même voix appelle parfois pour réciter à cette vieille dame des quatrains obscènes dont son fils est le héros. D'autres appels anonymes apprennent au même moment à Picasso, Anna de Noailles et Gide que Cocteau vient de se suicider dans un bar.

Picasso accourt chez Mme Cocteau pour la rassurer. Les hommes de Breton ont beau faire mine de n'y être pour rien, il leur lance : *Si ce n'est pas vous, c'est vous tout de même*. Ils veulent avec une telle rage cette peau que leur victime ne cesse de leur abandonner qu'ils n'auraient été ni surpris ni déçus d'apprendre son suicide : on ne peut se reprocher la disparition d'un non-être jamais sorti des entrailles de sa mère.

Il faut tuer Œdipe.

La reconquête

Picasso entre au même moment dans une période de doute. Alors qu'il a su tenir jusque-là sous cloche Olga rue La Boétie, celle-ci lui fait vivre un enfer de reproches maintenant que Marie-Thérèse attend un enfant de lui. Il a demandé le divorce mais répugne à partager à parts égales ses biens avec celle qui lança ses années fastes. Plus possessif que passionné, il entasse les conquêtes en rêvant de les réunir dans un château avant d'en emporter les clefs, selon le même principe cumulatif qui lui fait conserver ses factures de térébenthine et ses billets de corrida.

La justice ordonnant la pose de scellés sur tous ses ateliers, Barbe-Bleue délaisse au printemps 1935 ses pinceaux. En surproduction depuis quatre décennies, il se voit confronté à un vide abyssal et se découvre sans plus aucun désir d'exister. Le travail était sa drogue, et le manque se fait cruellement ressentir : tout le dégoûte, ses tableaux et son succès, son confort et son Hispano-Suiza. À cinquante-quatre ans passés, Picasso se sent tout juste la force de s'essayer à la poésie mais n'en dit rien, de peur de se ridiculiser.

Cocteau semblerait pour une fois plus chanceux. Il enchaîne pièces, recueils de poésie et dessins, mais cette abondance pourrait bien être trompeuse. Les états nauséeux qu'il traverse le rendent intarissable, tout en le condamnant à des formes de plus en plus brèves et obscures. L'opium grève si bien ses finances qu'il est obligé en 1935 de se défaire des deux papiers collés de Picasso achetés des années plus tôt. Haï avec méthode par les surréalistes, hanté par la peur de ne jamais retrouver un autre Radiguet, Cocteau n'est plus à quarante-cinq ans que l'ombre de lui-même.

Les deux hommes vont pourtant bénéficier d'un sang neuf. Picasso d'abord, qui rencontre une jeune photographe yougoslave à travers Éluard, au début de 1936. Provocante jusqu'à l'agressivité, Dora Maar s'impose à lui en dardant un regard aussi noir que le sien, sous ses cils papillons, puis en plantant un couteau entre chacun de ses propres doigts, au Café de Flore. Singulière et orgueilleuse, cette exilée ayant grandi en Argentine a provoqué cette rencontre avec un peintre qu'elle admire et dont elle espère qu'il adoubera ses photos.

La relation prend un tour si intense que, deux mois après leur rencontre, Picasso se remet au travail dans l'atelier qu'il aménage, dans la rue des Grands-Augustins. Il accumule les toiles qu'envahit le regard étoilé de Dora Maar, laquelle s'installe dans un appartement de la rue de Savoie voisine. Retrouvant son fouillis de pinceaux et de tubes, ses frocs en tire-bouchon et ses pantoufles tachées d'huile, le peintre renoue avec sa chère existence « modeste » d'autrefois – cette vie d'artiste qui était si peu du goût d'Olga.

Alors qu'il passe une audition pour son *Œdipe Roi*, un an plus tard, Cocteau est frappé par la ressemblance d'un des jeunes acteurs avec les silhouettes masculines qu'il dessine. Jean-Vilain-Marais joue remarquablement faux, mais sa fougue, sa candeur apparente et sa beauté solaire le subjuguent. Cocteau se déclare sans attendre au débutant, qui fait mine de partager son enthousiasme, et retrouve ses moyens pour régaler Marais de poèmes érotiques et de quatrains amoureux, parmi les plus beaux témoignages de la passion qu'un homme peut en inspirer à un autre. Cocteau commence une nouvelle vie dans la peau de ce très beau garçon dont il prend en charge la carrière.

Marais rajeunit Cocteau, aux yeux de Picasso. Lui qui peint également à ses heures s'adresse au Malaguène avec une spontanéité dont ce dernier a perdu l'habitude. Optimiste, joyeux, vivace, l'acteur débutant a un rapport plus que fluctuant à la vérité : fils d'une kleptomane d'une rare audace, il remodèle les faits à sa guise et poétise d'instinct son existence – une forme d'art brut à quoi Picasso est sensible. Dora Maar contribue elle aussi à ce réchauffement amical. Prévenue contre Cocteau par ses amis surréalistes, Éluard le premier, elle lui trouve assez de charme pour l'accueillir dans son appartement-atelier et faire de lui un portrait photographique en noir et blanc. Picasso lui ouvre à son tour la suite de greniers, de recoins et d'escaliers qu'il a aménagée. Cocteau y retrouve le désordre royal qui régnait dans ses précédents ateliers et *le faste pauvre* d'un démiurge prêt à signer tous les objets de la terre. *Il est superbe*, note-t-il, en voyant de nouveau le génie jaillir de Picasso, comme aux temps de *Parade*...

En politisant la scène artistique, l'avènement du Front populaire les rapproche en éloignant Éluard et Aragon de Breton, lequel s'oppose à leur virage stalinien. Breton perdant de son autorité, Cocteau en retrouve aux yeux de Picasso, qui l'encourage de nouveau à découvrir en primeur son travail tandis que l'écrivain recommence à le convier à ses avant-premières théâtrales. Le putsch du général Franco et la guerre civile qui gagne l'Espagne contribuent aussi à ce redoux. D'une grande prudence depuis le vol des statuettes ibériques du Louvre, assez indifférent aussi pour avoir accepté l'hommage que Primo de Rivera, le fondateur de la Phalange, comptait lui rendre dans son pays, Picasso croule sous les demandes du *Fronte popular*. Il sort de son mutisme sous la pression de Dora Maar, vraie Pasionaria, et soutient publiquement le gouvernement républicain légitime. La ville basque de Guernica écrasée sous les bombes, il se lance dans une fresque destinée au pavillon espagnol de l'Exposition universelle de 1937 dont sa nouvelle compagne photographie chaque étape.

Cocteau prend pour la première fois aussi une position tranchée, après trois décennies où il n'a eu d'autre souci que son œuvre. Recruté par Aragon pour écrire dans *Ce Soir*, un quotidien populaire philocommuniste, il y *oppose la sérénité de la révolution blanche* que mène le Front populaire aux autodafés qu'allume l'Allemagne nazie. Il félicite la République française d'accueillir les persécutés espagnols et Picasso d'offrir aux victimes de l'aviation allemande, avec *Guernica*, une croix que Franco portera toujours sur l'épaule. Stimulé par cet exemple, il exécute, au fusain et au crayon, une immense composition sur un drap de lit qu'il « signe » en se coupant au rasoir afin d'ensanglanter le pansement d'un de ses personnages. De trois mètres de large sur plus d'un mètre cinquante de haut, la fresque montre deux femmes presque nues et un homme plus qu'ambigu tentant d'insuffler leur principe vital à un ange dont la bouche laisse jaillir un interminable lys : avec ses faux airs crétois, *La Peur donnant des ailes au courage* reste son plus grand dessin, à défaut d'être le meilleur.

La gloire de Picasso prend en 1939 un tour international, lors de la tournée qui mène *Guernica* à travers les États-Unis. Les visiteurs affluent rue des Grands-Augustins pour découvrir l'atelier que les photos de Dora Maar ont rendu populaire et qu'un *Ici* triomphal signale : l'immense soupente dominant Paris devient un objet universel d'attraction. Cocteau ayant pu mesurer en 1936 sa propre popularité en faisant pour le journal *Paris-Soir* son propre *Tour du monde en 80 jours*, il a de nouvelles raisons de croire en une relation équilibrée, après le froid qu'ils ont traversé. L'âge leur faisant découvrir leur vulnérabilité, ils communient à nouveau dans l'étude des pièges qui menacent en permanence tout authentique créateur. *C'est quand on se croit le moins libre qu'on l'est quelquefois le plus,* confie Picasso à Cocteau. *Et pas du tout quand on sent des ailes de géant qui t'empêchent de marcher.*

La guerre s'impose brutalement à leur agenda, en juin 1940. Des alertes les obligent à se réfugier dans les stations de métro, dont ils ressortent pour voir des *Feldgrau* patrouiller en chantant et des chars dominés par de jeunes soldats blonds remonter les boulevards. Des milliers d'hommes fuient en zone libre mais Picasso choisit de rester, par inertie égoïste autant que par rejet du fait accompli. Il a trop besoin de son atelier pour envisager un exil ou même une « relégation » en zone libre. Tout comme il a dédaigné de se rendre à Madrid pour piloter le Prado, dont le gouvernement républicain l'avait pourtant nommé directeur. Refusant de laisser la culture dépérir sous la botte allemande, Cocteau lui-même regagne avec Marais son appartement du Palais-Royal, après un bref séjour à Perpignan, en se demandant déjà s'il n'aurait pas fait l'erreur de sa vie.

Paris a été en partie déserté et ce vide rapproche comme en 1916 l'écrivain et le peintre, qui n'ont que le pont des Arts à traverser pour se retrouver. Picasso est dans une situation incommode : connu dans le monde entier pour avoir dénoncé le soutien de l'Allemagne au putsch franquiste, il est tenu par les nazis comme un symbole de *l'art dégénéré*. Fiché comme anarchiste par la police dès ses débuts parisiens – les peintres catalans l'étaient presque tous –, il s'est encore vu refuser en 1939 sa toute dernière demande de naturalisation. Il demeure donc un étranger en France, où les institutions n'ont jamais daigné acquérir ses œuvres, à une exception près, et à ce titre reste expulsable, Franco exigeant déjà l'extradition de nombreux républicains en exil. Célèbre mais encore incompris, admiré mais assez peu aimé – Mauriac l'a comparé à un diable acharné à détruire le visage humain –, l'Arlequin marche sur un fil.

Cocteau n'est pas mieux loti. La parution en 1928 du *Livre blanc*, où il assumait avec calme et fierté son homosexualité – tout le monde l'avait reconnu sous le couvert de l'anonymat –, a pu faire de lui une tête de Turc, bien au-delà des cercles surréalistes. Les interrogatoires et les procès qu'il subit dès qu'un trafiquant de drogue cite son nom, comme la pétition de la Lica qu'il a signée en 1939 en faveur des droits civiques des Juifs, ont achevé de le désigner comme le type même du camé *enjuivé* et de la *tante* acharnée à corrompre la jeunesse française que la presse collabo dénonce – *Cocteau décadent ? Tant pis. Cocteau licaïste : Liquidé*, clame Céline dans un torchon ultra : le zèle que Cocteau va mettre en 1943 à publier les premiers écrits de Genet puis à le défendre devant la justice, malgré un casier surchargé, n'arrangera rien. Tôt fiché lui aussi comme anarchiste par une police parisienne généreuse en la matière, Cocteau l'est encore comme homosexuel et opiomane depuis son idylle affichée avec Marais. Toutes ces « qualités » font de lui un des responsables moraux de la défaite, aux yeux des idéologues de la collaboration, avec un Gide en exil et un Proust décédé.

Pour l'avoir vu décharné et hirsute, dans toutes les générales des années 1930, les critiques de la presse collabo érigent cette *loque farcie d'opium* en incarnation de la complaisance *abjecte* de la République pour toutes les déviations. Ils dénoncent en Cocteau le défenseur de *l'ethnie putain* – une formule du « savant » hygiéniste Montandon –, quand ils ne le qualifient pas de négrophile acharné pour l'avoir vu sortir du caniveau le boxeur Panama Al Brown, puis aider cette *pédale noire* à renvoyer au tapis de braves Gaulois après l'avoir désintoxiquée de l'opium.

Catalysant les phobies du moment, Cocteau donne de l'imagination à la haine. *La Gerbe* dénonce, à cent trente-cinq mille exemplaires, sa *poésie pourrie* et décrète que son *théâtre de la décomposition* n'a plus sa place dans l'Europe unie. *Le Pilori* met en cause son absence de racines et le redoutable Laubreaux fait de lui le symbole du *faisandé* et de l'équivoque dans *Je suis partout*. Jugé incapable d'être lui-même, tout comme le Juif-copieur-d'Aryen et la femme-imitatrice-née, Cocteau s'impose comme l'escroc artistique par excellence, une sorte de *youpin* sexuel.

Sa situation professionnelle apparaît presque plus fragile que celle de Picasso. Il dépend des autorisations vichyssoises et allemandes pour faire représenter ses pièces, dont les avant-premières sont régulièrement perturbées par des nervis rameutés par *Je suis partout* pour jeter des boules puantes et des rats vivants sur la scène, quand elles ne sont pas interdites pour atteinte à la moralité publique : seuls les sujets situés dans un passé mythifié, comme le scénario de *L'Éternel Retour*, le film qu'il tire de la légende de *Tristan et Iseult*, passent sans difficulté la rampe. Picasso n'a en revanche besoin d'aucun feu vert pétainiste ou nazi pour peindre : il reste le souverain maître de son atelier, comme il l'a toujours été. L'Occupation sera de son propre aveu une opportunité : jamais il n'a été si peu dérangé, le couvre-feu aidant.

Cocteau reste une personnalité parisienne qu'on croise aux vernissages de la galerie Charpentier. Des caméras pourront l'y surprendre en présence d'officiers allemands exigeant le décrochage d'un tableau de Picasso, interdit d'exposition par l'occupant – *courte honte*, note-t-il dans son *Journal 1942-1945*. Mais il lui suffit de gagner les galeries Jeanne Bucher ou Louise Leiris, la belle-fille de Kahnweiler, pour trouver des toiles de son vieil ami dissimulées sous des bâches. Des officiers allemands, comme le lieutenant Heller, passent en même temps saluer Picasso dans son atelier dans l'espoir parfois de lui acheter un tableau à la suite d'Ernst Jünger, de l'état-major parisien de la

Wehrmacht. Picasso, à l'en croire, se contente de leur offrir des reproductions de *Guernica. C'est vous qui avez fait cela ?* s'indignera un officier. *Non, c'est vous*, réplique-t-il.

Picasso n'est évidemment pas à l'abri de l'arbitraire. Des officiers allemands viennent régulièrement l'interroger sur ses origines, que les critiques ultras ne manquent pas de rappeler – il démentira toujours que sa grand-mère ait été juive. Parfois, c'est un photographe suspect qui prolonge son reportage par des questions insistantes, faisant soupçonner la main du *Hauptsturmführer* Dannecker, le tout-puissant chargé des Affaires juives. Des Allemands de passage rue des Grands-Augustins le traitent de dégénéré et repartent après avoir renversé des toiles. Et Céline le fait entrer d'autorité dans le *youpinium* dont il réclame la dissolution depuis *Bagatelles pour un massacre*, en 1938. Avant de dénoncer en 1941 dans *Les Beaux Draps* la présence toujours plus insolente des Juifs à Paris, aux côtés de milliers d'Aryens sympathisants, Cocteau en tête, que le cancer *yid ronge de l'intérieur*. Le danger est donc palpable, comme le confirme l'arrestation à Dijon de la mère de Dora Maar – elle réussira à prouver qu'elle n'est pas juive.

Cocteau active alors ses relations. Il mobilise un ancien directeur adjoint de la Sûreté nationale révoqué par Vichy, qui vient régulièrement s'assurer que tout va bien rue des Grands-Augustins. Ce monsieur Dubois fait renouveler la carte d'étranger de Picasso sans que celui-ci ait à solliciter l'ambassade franquiste à Vichy, laquelle semble veiller aussi sur son sort. Et sur les trois livres consacrés à son œuvre que les éditeurs prévoient de publier, un seul sera interdit durant ces années noires. Rassuré sur son cas, Picasso s'accommode des conditions spartiates de l'époque. Le charbon manquant pour chauffer son atelier glacial et l'essence pour faire rouler sa voiture, il se tient chaud en peignant plus que jamais. Après avoir acheté un lot de vieilles croûtes chez un antiquaire, au cas où les toiles vierges viendraient à manquer, il glane toujours plus de rebuts dans la rue – il fera sa merveilleuse *Tête de taureau* avec une selle et un guidon de vélo. Lui qui travaille mieux dans le froid que dans le confort, ne fume que des Gitanes et ne boit pas d'alcool est dans son élément. Dora trône dans une rue voisine, Marie-Thérèse l'attend au château de Boisgeloup, Éluard se tient prêt à chanter ses louanges au premier appel, Cocteau ne rêve que de prendre le relais : tout roule.

Cocteau s'adapte aussi. L'opium n'arrivant plus qu'au compte-gouttes d'Indochine, occupée par le Japon, il parvient à se désintoxiquer avec l'aide active du jeune Marais, qui craint de le voir devenir l'objet de tous les chantages. *J'adopte tout*, disait-il à sa mère en 1917 : *luxe, monde, pauvreté, solitude, avec la même indifférence passionnée.* Le tabac se fait si rare qu'une bourse aux mégots s'ouvre place Maubert ? Il échange ses tickets de rationnement contre des cigarettes. Le savon est introuvable ? Marais en vole dans les pharmacies, et il y a toujours un de ses petits amants, depuis le triomphe en 1943 de *L'Éternel Retour* au cinéma, pour leur ramener de la campagne un coq, ou l'une de leurs jeunes admiratrices pour aller à la mairie leur chercher des cartes d'alimentation. Où ces fans dégottent-ils les poulets, le beurre ou les œufs qu'ils leur apportent en offrande ? Où cette intellectuelle égyptienne qui cherche depuis quinze ans à approcher Cocteau trouve-t-elle les laitages et les viandes qu'elle dépose rue de Montpensier en son absence ? Ce ne sont pas des choses qui se demandent.

Les acheteurs s'adressant directement à lui depuis qu'il n'a plus le droit de vendre en galerie ses toiles, Picasso peut tenir table ouverte au Catalan, un restaurant chic et cher de la rue des Grands-Augustins où il divertit ses convives avec autant de verve désormais que Cocteau – son français s'améliore et ses dons d'imitation étonnent. Il lui suffit parfois de signer la nappe pour régler l'addition, privilège qui lui permet de manger des chateaubriands lors des trois jours hebdomadaires sans viande – le restaurant sera fermé après un contrôle et lui-même devra s'acquitter d'une amende. Il lui arrivera de racheter quelques-unes de ses toiles à un marchand aussi douteux que Martin Fabiani, lequel s'emploie à recycler les saisies opérées dans les collections juives.

Marais le téméraire montre plus d'intransigeance. Quand *La Machine à écrire* est créée au printemps 1941 au théâtre Hebertot et que Laubreaux attaque *M. Cocteau et tout ce qu'il entraîne avec soi d'ordure et de sanies*, il est le premier à se mettre sur la route d'un critique qui l'a surnommé *L'homme au Cocteau entre les dents* et à le rouer de coups au sortir d'un restaurant. Il montre la même intrépidité à la reprise des *Parents terribles*, violemment attaquée par la presse collabo, quand un groupe de militants ultras le traitent de *pédé* et l'accusent de coucher avec sa mère, avec qui il dîne rue des Pyramides, non loin de la table de Picasso et de Dora Maar : la pièce sera interdite en 1943.

À défaut d'aimer les toiles de Marais, comme en rêvait Cocteau, Picasso admire le physique de pâtre du jeune acteur. Sa silhouette bondissante en impose à celui qui regrette d'avoir hérité le corps trapu de sa mère, et non l'allure altière de son père : Picasso s'est beaucoup alourdi avec les années, *un lion blanchi*, note Cocteau dans son journal. Le peintre a représenté nombre d'acrobates nus et d'Arlequins suggestifs, durant sa période rose : le jeune acteur fait la synthèse entre ses saltimbanques passés et ses faunes à venir. Le machisme l'encourageant à survaloriser la beauté masculine, jugée plus noble pour n'avoir pas d'utilité reproductive, Picasso vante à tous les proportions du jeune acteur au sourire irrésistible. *Il aurait voulu être Jean Marais*, confiera Dora Maar à Cocteau, dont c'est aussi le cas.

Un jour, Picasso transforme un manche à balai en un sceptre que Marais-Néron brandira chaque soir dans son *Britannicus* avant d'envoyer Dora Maar le photographier sous tous les angles. Un autre, il installe l'acteur dans son atelier aux pieds d'un nu féminin et dans des poses d'odalisque, bras noués derrière la tête, devant l'objectif de Brassaï. Marais a la beauté du diable et son profil digne de l'antique attendrit *amoureusement* Picasso, Cocteau dixit. Jamais n'a été autant sollicitée cette forme dormante d'homosexualité qui dérive *naturellement* aux yeux du peintre de son hyper-virilité : qui sait même si Picasso n'aurait pas préféré avoir Marais pour fils plutôt que ce bon à rien de Paulo, qu'il n'hésite jamais à déprécier en sa présence !

Marais souligne en même temps l'abîme qui continue de séparer les deux hommes. Alors que Cocteau se met par amour au service de l'acteur, lui fait travailler les grands textes et surveille ses progrès, Picasso se nourrit jalousement d'une Dora Maar pourtant déterminée à exister par elle-même. Source première d'inspiration picturale, la photographe est devenue son alter ego, avec la possessivité féroce que cela suppose : Cocteau n'aura qu'à esquisser son portrait au fusain pour que Picasso, après l'avoir qualifié de chef-d'œuvre et sous prétexte de reprendre un simple défaut, ne recouvre sa toile d'une nouvelle huile figurant *sa* Dora.

Celle-ci est encouragée à abandonner la photographie, un « art mineur » où pourtant elle excelle. Elle délaisse sous la pression de Picasso la pellicule pour inaugurer un cycle de peintures qu'il aurait pu aisément concevoir, avec l'aide de Matisse parfois, et compose sous sa tutelle des dessins qu'ils signent légitimement du nom de *Picamar*. Minée par un masochisme dont avait déjà su tirer parti Georges Bataille, son amant d'avant guerre, Dora Maar se picassoïse à vue d'œil, elle aussi.

Libéré de l'opium, Cocteau retrouve *bella figura*. Brassaï, qui photographie alors l'atelier des Grands-Augustins, le montre tout en nerfs et en muscles, sans une once de chair en trop ni un fil d'argent dans ses cheveux en brosse : *Ses longues mains aux poignets osseux, aux doigts étirés, admirablement mises en valeur – mises en scène – par des manches de veston si étroites et si courtes qu'elles semblent étriquées, voltigent et accompagnent la vertigineuse volubilité des lèvres.* Enfin désintoxiqué, Cocteau paraît presque aussi jeune et svelte qu'il l'était quand Picasso l'a connu en 1915. Ses pantalons au tombé impeccable réveillent les moqueries d'un peintre redevenu, depuis le départ d'Olga, *le roi des chiffonniers. Il est né… repassé*, confie Picasso à Brassaï. C'est la façon d'aimer du peintre, impitoyablement visuelle.

Au printemps, les deux hommes partent en vélo-taxi assister à la projection privée d'un film que Marais interprète ou que Cocteau a écrit – c'est souvent le même. Ils profitent du beau temps pour prendre un verre en terrasse et se moquer des *bibis* extravagants des dames, d'authentiques pièces montées en carton bouilli rappelant les perruques du règne de Louis XIV – le cuir est réquisitionné par les Boches. La cruauté de Picasso est si inventive que Cocteau se demande comment sa compagne fait pour vivre *enfermée* dans sa personnalité. *J'admire la force d'âme de Dora*, note-t-il dans son journal, comme si n'importe qui d'autre mourrait d'asphyxie.

Picasso habite son œuvre, plus que sa maison, note encore Cocteau, il vit avec lui-même, plus qu'avec sa compagne. *Le ménage Picasso*, écrit-il quelques mois plus tard dans son journal. *Dora est une concubine avec laquelle il se trompe. De ce ménage naissent des monstres merveilleux. Madame accepte les hommages des visiteurs du matin. Monsieur voudrait les mettre à la porte.* Mais la coquette aimant être flattée et le rude travailleur finissent par se retrouver devant leur chevalet. Et leurs accouplements engendrent des surprises qui évitent au peintre de se répéter, de *marcher deux fois sur la queue du tigre*, comme disent les Orientaux.

De nouveau Cocteau tente de saisir les secrets de cette alchimie déroutante. Il n'a qu'à découvrir *L'Aubade*, une toile montrant une femme couchée et une autre jouant de la mandoline, pour en « photographier » la structure et en reproduire *de mémoire* les moindres lignes : il refait une fois chez lui le même trajet, crayon en main, afin de comprendre comment Picasso en est arrivé là. Cette curiosité reste pourtant univoque : jamais Picasso ne daignera venir dessiner à la craie sur les tableaux noirs qu'il a fait installer dans ce but rue de Montpensier. C'est à lui de frapper à la porte de la rue des Grands-Augustins en priant pour tomber au bon moment, non à Picasso de venir à lui. Jusqu'au jour où ce dernier, furieux d'être dérangé, darde sur lui son regard noir – *ton œil d'encre, même Dieu le redoute*, lui écrit-il – avant de lui parler du *vide consubstantiel* qu'il détecte en lui. Une remarque si atroce que Cocteau en a la nausée.

Loin de lui en vouloir, il remercie Picasso de l'avoir mis indirectement en garde contre la vacuité du travail mercenaire qu'il effectue alors pour un producteur de cinéma. Son vieil ami l'a plusieurs fois aidé dans la vie par ses interventions cruelles, confie-t-il à son journal. Ce n'est qu'après s'être exclamé en public : *J'ai fait, hier, un immense dessin dont je suis très satisfait*, et avoir entendu Picasso répliquer : *Tu as bien de la chance*, qu'il en vient à trouver la pilule amère.

L'un et l'autre détestent Vichy, cette tentative sénile de rétablir la morale cléricale et l'esprit d'équipe, mais le sujet est si médiocre qu'ils dédaignent de l'aborder. Ils préfèrent évoquer l'étrange régime, mi-libertaire mi-tyrannique, qu'ils s'imposent au quotidien, ou discuter du manuscrit sublime que Cocteau vient de recevoir de Genet, ce jeune taulard qu'il va lancer en fanfare en pleine Occupation. Dans cette capitale-fantôme où le Palais-Royal, la nuit, a l'air d'une cité interdite hantée par les spectres de l'ancienne Chine, leurs échanges portent d'abord sur des questions d'esthétique.

Picasso n'a aucune opinion, confirme Cocteau. *Il s'en voudrait d'en avoir une. Il redoute la bêtise* jusqu'à l'absurde, *qu'il lui préférera toujours. Son secret est d'être lui-même une politique et de faire sans cesse sa propre révolution* : applicable à lui-même, la phrase dit bien dans quelle bulle les deux hommes vivent. *Où serais-je mieux que chez ces amis où la bêtise, la laideur, la vulgarité, l'actualité ne pénètrent par aucune ouverture ?* ajoute Cocteau au sortir d'une journée passée avec Picasso et Dora rue des Grands-Augustins.

N'est-ce pas en se moquant des cocoricos de l'opinion qu'ils se sont épanouis artistiquement, durant la Première Guerre mondiale ? Les mêmes raisons qui firent de Picasso un pacifiste radical et poussèrent Cocteau à concevoir *Parade* lors des massacres de Verdun les tiennent à l'écart de la Seconde. *À nous deux, tels que nous voilà assis ici, nous négocierions la paix cet après-midi même*, avoue Picasso à Ernst Jünger : c'est l'incontestable vérité, pour Cocteau aussi. L'auteur de *Sur les falaises de marbre* sera d'ailleurs le premier à venir en mars 1943 voir avec Picasso *Le Sang d'un poète*, le film expérimental de Cocteau dont les Noailles bloquent toujours la sortie, dans une petite salle des Champs-Élysées. Ne vivent-ils pas sur une autre planète, à l'instar du même Jünger, dont Cocteau a salué le roman si inactuel comme *le comble de l'actualité* ?

Protégé par les colonnes du Palais-Royal, Cocteau ne se reconnaît plus qu'une seule patrie, ce royaume enfumé d'où procèdent la poésie et les contes de fées qu'il dévore durant le couvre-feu. Picasso le lui confirme, ils habitent un îlot peuplé d'êtres n'obéissant à personne, sinon à la mystérieuse voix qui les accule à peindre ou à dérouler le texte caché qu'ils portent en eux. Leur œuvre est la seule réalité qui compte, face aux horreurs perpétrées par les nazis et la morale diffusée par le pétainisme.

Mais il y a toujours un journal pour leur rappeler la violence des temps ou un rival pour fragiliser leur position. En juin 1942, un Vlaminck plus qu'aigri se déchaîne contre le talent de *plagiaire* de Picasso, son ancien voisin montparno, qu'il traite de *Stavisky de la peinture* et d'*impuissance faite homme* – clair appel aux préjugés voyant dans tout Juif un copieur d'Aryen et un escroc, à l'instar de cet expert en faux bons du Trésor qu'était Stavisky. Cocteau proteste auprès du journal ayant publié cette dénonciation indigne, qui lui rappelle les bûchers qu'allumait Savonarole à Florence, et la dénonciation tourne au feu de paille. Rassuré par la vigilance de ce défenseur inconditionnel, Picasso retourne à ses pinceaux.

Le supposé demi-Juif et l'inverti *enjuivé* restent néanmoins à la merci d'une action publique, qu'elle vienne de Vichy ou de Berlin, d'un article de *Je suis partout* ou de « simples » dénonciations privées, plus qu'abondantes alors. Aussi, quand Arno Breker offre en mai 1942 à Cocteau de l'appeler *par ligne spéciale à Berlin au cas où il arriverait quelque chose de grave*, il accepte sans trop hésiter. Un geste entre artistes, assure Breker, qui l'étend à Picasso, achevant de convaincre Cocteau, lequel saura encore solliciter l'aide des autorités d'Occupation, et jusqu'à l'ambassadeur d'Allemagne Otto Abetz, pour autoriser ses pièces.

Le sculpteur préféré du Führer, Breker, avait été formé par Aristide Maillol à Montparnasse, où il avait connu Cocteau. Sa proximité avec Hitler, qu'il a guidé dans Paris lors de sa visite éclair en 1940, lui donne d'indéniables moyens d'intervention. Nombre de prisonniers français lui durent-ils la liberté ou la vie, comme il l'affirmera, de la compagne de Maillol au pianiste juif de la cantatrice Germaine Lubin, en passant par ce même Picasso, pour qui il serait intervenu auprès d'un adjoint d'Himmler ? Dans ses *Conversations avec Picasso*, Brassaï s'étonne du *tour de force* qui permit à ce dernier de disposer d'assez de bronze pour ses statues (dont *L'Homme au mouton*, exécuté peu après sa visite à l'exposition Breker, et le tirage de sa *Tête de taureau*), alors que la pénurie en la matière est totale : l'occupant en est à fondre les statues parisiennes pour fabriquer ses canons ou pour fournir à Breker de quoi réaliser ses sculptures géantes. De là à penser que ce dernier a œuvré à ravitailler Picasso…

On retrouve Picasso et Cocteau à déjeuner avenue Foch chez les Anchorena, ce couple de collectionneurs argentins qui aiment recevoir « leurs » peintres, dont certains surréalistes, Éluard en tête, en leur servant des menus à base d'écrevisses presque plus oniriques que leurs toiles de Dalí, en cette période de disette. Leur salon en forme d'amphithéâtre mène par degrés à des loggias dotées de balcons ; couverts de rayonnages où *Mein Kampf* trône sous un portrait d'Hitler, que ces mécènes richissimes tiennent pour le plus grand homme du siècle, les murs sont percés de portes en trompe l'œil sur lesquelles Braque et Jean Hugo ont peint des figures scrutant les invités : une sorte d'hitléro-dalinisme revu par Chirico, qui a contribué aussi à cette mise en scène. *Le luxe moderne dans tout son mystère atroce*, note Cocteau, pressenti pour décorer l'ensemble de l'appartement, qui se contente de repeindre à la craie le piano d'ardoise abritant un tourne-disque, en reprenant certaines des histoires qu'il racontait déjà au temps de *Parade*, pour la plus grande joie de Picasso. La guerre ravage l'Europe ? Leur jeunesse reste seule d'actualité, avenue Foch.

L'œil du peintre hante à nouveau Cocteau, quand il dessine. Il le transperce quand il se trompe, le réchauffe quand il progresse, l'encourage puis le désespère. Unique bémol à cette intimité retrouvée, le rôle de poète-lauréat reste à Paul Éluard, qui continue de fréquenter Picasso alors qu'il met sur pied une revue clandestine, *Les Lettres françaises*, ainsi qu'un réseau de résistance. Éluard ayant rompu comme Aragon avec Breton, exilé à New York, Cocteau a néanmoins cessé d'être l'ennemi à abattre. Le surréaliste dissident va jusqu'à lui avouer que tout aurait été réglé dès 1925 si les menaces d'excommunication de Breton ne l'avaient pas obligé à signer un article haineux contre *L'Ange Heurtebise*, le poème que Radiguet avait inspiré à Cocteau. Après avoir projeté d'assassiner ce dernier avant guerre, Desnos en vient à son tour à déjeuner avec l'ancienne *crotte d'ange*. Et Cocteau a le plaisir de voir Éluard poser devant son chevalet, trois jours durant, avec dans son dos Picasso, lequel immortalise la scène au crayon – un de ses plus beaux dessins de l'Occupation.

Autre signe de redoux : alors que Cocteau publie dans la presse un *Salut à Breker* le 23 mai 1942, à l'occasion de la rétrospective que l'État français consacre au sculpteur allemand, Éluard montre une étonnante mansuétude. La chute de l'adresse qu'il envoie à Cocteau – *Redonnez-nous confiance. Plus rien ne doit nous séparer* – laisse les portes ouvertes à celui qui aurait mérité pour une fois ces réactions violentes auxquelles les surréalistes l'avaient habitué – Mauriac qualifiera ce *Salut à Brecker* d'infâme. Une modération qui n'est peut-être pas sans arrière-pensée : Éluard peut secrètement espérer que Cocteau intervienne en sa faveur, au cas où il serait arrêté, et Cocteau obscurément penser qu'Éluard le protégerait d'éventuels ennuis, à la Libération.

En août 1943, Cocteau et Picasso assistent à l'enterrement de Soutine, dont l'expressionnisme « judaïsant » a fait une sorte de paria. Quelques mois plus tard, l'écrivain rédige une pétition demandant la libération de Max Jacob, arrêté parce que Juif – pétition que Picasso aurait signée avant de retirer *in extremis* son nom pour ne pas irriter un peu plus les Allemands, au dire d'un patron de presse qui la soutenait, lequel ajoute que le peintre se mit à sa totale disposition. Henri Sauguet assure de son côté être allé trouver Picasso au Catalan et l'avoir entendu répliquer *qu'il ne fallait pas se soucier de Max, qu'il était un ange et ferait le mur – ou qu'il n'avait pas besoin de nous pour s'envoler de sa prison.*

Dans les faits, Picasso ne répond plus aux lettres de Jacob depuis qu'il a trouvé certains de ses poèmes dans des revues pro-franquistes. Il a beau savoir les angoisses de son ex-poète-lauréat face aux persécutions, il reste silencieux devant ses appels au secours – il ne répond pas plus à Olga quand elle lui fait part des malheurs de leur fils Paulo. *J'ai confiance en Cocteau*, lui a écrit Jacob après l'arrestation de sa sœur : *j'espère en son habileté et sa bonté qui est réelle* – une façon de dire qu'il a déjà moins confiance dans celles du peintre ? *La légende de Picasso égoïste est complètement fausse*, protestera de son côté Cocteau. *Ce serait mal le connaître que de ne pas savoir qu'il a toujours aidé ses camarades, sans en faire le moindre étalage.* C'était vrai *aussi*, nombre de Montparnos fauchés et de réfugiés espagnols pouvaient en témoigner.

L'annonce de la mort de Jacob dans le camp de Drancy, le 5 mars 1944, engendre un profond dégoût dans Paris. La messe donnée en son souvenir est suivie dans un silence de catacombes par une trentaine de « fidèles » dont Éluard, que la Gestapo recherche. Craignant que les Allemands ne raflent tout le monde, Picasso se tient prudemment sous la porte cochère voisine. Alors qu'il parle à des proches, André Salmon, à qui personne ne tend plus la main depuis qu'il s'est déclaré un fervent vichyste, s'approche pour lui conseiller de ne pas rester là. *Mais la police est déjà là, puisque vous y êtes*, lui réplique Picasso.

Emblématique de son attitude sous l'Occupation, où il choisit comme Cocteau de rester travailler, au risque de se compromettre, Picasso peint une *Bacchanale* d'après Poussin quand Paris entre en août 1944 en insurrection. L'exposition que le MoMA de New York lui a consacrée en 1939 ayant fait de lui un monument outre-Atlantique, les GI's affluent dans son atelier. Sa cote remonte en flèche alors que les galeries n'avaient pu vendre ouvertement ses toiles pendant quatre ans. Mais l'hommage que lui rend le Salon d'automne tourne au fiasco : certaines toiles sont maculées par des étudiants des Beaux-Arts, des rondes de policiers puis de jeunes communistes doivent être mises sur pied pour protéger les autres. Accablé de lettres d'insultes, il en vient à regretter la tranquillité dont il avait joui durant les années noires. Certains parlent déjà d'une nouvelle Occupation et Cocteau craint qu'on ne leur reproche un jour leurs fréquentations *américaines*, comme les allemandes la veille. *Les choses ne changent jamais, notre royaume n'est pas sur la terre*, lui confirme Picasso. L'offensive des Ardennes menaçant de renverser la donne, Cocteau lui demande ce qu'il ferait si les Allemands revenaient à Paris : *Je continuerais de peindre*, lui répond tranquillement Picasso.

Cocteau se montre plus fébrile, en apprenant que le comité d'épuration réuni par le Comité national des écrivains va examiner son attitude pendant l'Occupation. Le soutien explicite qu'il reçoit d'Aragon et d'Éluard lui permet d'échapper à toute sanction, mais il se tient à distance du Parti communiste, que Picasso vient de rejoindre avec enthousiasme. À qui s'étonne de ce ralliement subit à une formation pour qui le réalisme socialiste est la seule esthétique concevable – *son premier geste antirévolutionnaire*, note Cocteau dans son journal –, Picasso répond : *Mon parti c'est mon œuvre*, ce dont personne ne peut douter. Mais cette œuvre illumine les murs des Rockefeller plus que ceux des mineurs des Houillères, et elle pourrait y perdre de sa charge subversive. Picasso le confirme devant le micro d'une journaliste en 1945 : *Non, la peinture n'est pas faite pour décorer les appartements. C'est un instrument de guerre offensive et défensive contre l'ennemi.*

Dans les faits, Picasso se garde de politiser ses toiles. Il continue de n'obéir qu'à ses seuls critères quand un Léger, qui adhère aussi au PC, se laisse tenter par une forme d'ouvriérisme pictural. Mais Cocteau n'accorde que peu de crédit à cette conversion, pour une fois. Il se souvient de Picasso lui déclarant il y a peu que cette terre n'est pas la leur, et beaucoup se montrent aussi sceptiques. *Comment aurais-je pu hésiter ?* rétorque Picasso à tous ces saint Thomas. *La peur de m'engager ? Mais je ne me suis jamais senti plus libre au contraire, plus complet...* Quand on insiste pour connaître ses raisons, il ajoute : *Pour qu'il y ait moins de misère*, le parti des fusillés lui offrant en outre l'ersatz d'une patrie, lui qui n'en a plus depuis son exil en 1900. Pas un mot sur l'absence de liberté régnant en URSS et la mise au ban de l'avant-garde sous Staline. Rien sur les horreurs commises par les staliniens espagnols contre les autres forces antifascistes, durant la guerre civile. C'est la rupture définitive avec Breton, qui ne présente aucun Picasso à l'Exposition internationale du surréalisme de 1947.

Assailli par des mairies demandant des toiles, des syndicats espérant une affiche, des soldats réclamant des souliers sur les encouragements du Parti, Picasso répond globalement à leur attente, lui qui aimait pourtant dire avant guerre, lorsqu'il regrettait d'être devenu riche : *Je n'aime pas donner un veston, mais j'aimerais qu'on m'en donne un*. Rêve-t-il de retrouver l'intégrité franciscaine du Bateau-Lavoir au contact des sidérurgistes de Lorraine ? Il n'aura pas souvent l'occasion d'en voir : alors qu'une partie du temps d'Aragon est monopolisé par le Parti, le sien reste consacré pour l'essentiel à son œuvre.

Cocteau tend à l'inverse à perpétuer l'espèce d'inactualité où ils vécurent, durant l'Occupation. Il se réfugie plus que jamais dans un passé de légende pour offrir à Marais son plus grand rôle, celui du monstre velu qui hante *La Belle et la Bête*, le film où il adapte une nouvelle de Mme Leprince de Beaumont. Le tournage s'avère si éprouvant pour l'acteur, qui étouffe sous un masque exigeant chaque matin quatre heures d'implantation, que Cocteau tombe lui-même malade à la fin de 1945, comme pour prendre sur lui une partie des souffrances de son amant. *Ne te laisse pas embrasser par Cocteau*, dira un jour Picasso à John Richardson, le compagnon de son ami Douglas Cooper : *il a attrapé une maladie de peau en allant avec des Allemands*. C'est interpréter sans bienveillance l'intuition du poète, qui a l'impression d'exsuder les années d'angoisse qu'ils viennent de traverser. Picasso reste le peintre qui avait pu déclarer *Je ne connais pas cet homme* quand la justice le confronta à Apollinaire, au sujet du vol des statuettes du Louvre.

Retombé dans l'opium, Cocteau a de nouveau l'air d'un spectre, sous le nid d'hirondelle qui couronne son crâne. Il a frôlé de si près le gouffre durant l'Épuration que Blaise Cendrars s'amuse à faire de sa chevelure l'héroïne d'un passage de *Bourlinguer* (1948) : cette *moumoute cabalistique* y figure comme l'effet d'un sort que Picasso lui aurait jeté en faisant son portrait, avant que lui-même ne fasse l'erreur de la décolorer. Mais Cocteau s'est presque habitué à ce genre de rumeurs, si proches de celles que les surréalistes lançaient avant guerre. Ne pas y répondre est la meilleure façon d'éviter d'exciter ses poursuivants.

Le coupable c'est la victime, Picasso le lui a fait sentir depuis longtemps.

Matador, *Banderillero*

En public, Éluard soutient la poésie *si française* de Cocteau en espérant faire de lui un authentique compagnon de route, comme tant d'artistes que le PC a sauvés de l'Épuration. Après avoir signé en 1949 une pétition en faveur d'Aragon, à qui l'on vient de retirer sa carte d'électeur pour diffusion de fausses nouvelles, Cocteau est propulsé d'autorité en tête du mouvement pour la libération des époux Rosenberg, accusés d'avoir espionné les États-Unis afin d'offrir la bombe atomique à l'URSS. Dans l'intimité pourtant, Éluard prétexte de l'attitude ambiguë de Cocteau durant l'Occupation pour le tenir à l'écart de Picasso. *Tu ne vas pas le saluer !* menace-t-il ce dernier quand, d'une terrasse de Saint-Tropez, ils voient Cocteau descendre de l'*Orphée*, le voilier de Francine Weisweiller, sa toute nouvelle protectrice. *Tu peux te retirer, si cela te dérange,* rétorque Picasso. Mais ce dernier souhaite si peu contrarier Éluard, l'auteur d'*Une leçon de morale*, qu'il reste en retrait tant que Cocteau est là.

L'écrivain en souffre. Pour lui-même d'abord, il se sent privé *de sel, de poivre et de moutarde*, loin du peintre. Pour Picasso aussi : n'est-il pas le mieux placé pour appréhender son travail, après trente ans d'intimité ? Certes abondante, *l'eau ravissante* qu'est à ses yeux la poésie d'Éluard ne lui semble pas digne de l'œuvre violente du Malaguène. L'ex-surréaliste a beau enrober celle-ci de sa souplesse complimenteuse, *cet avaleur de sabres* qu'est Picasso mérite mieux. Éluard n'a-t-il pas commencé par mettre 2/20 à sa peinture, dans un numéro de *Littérature* de 1921, cinq ans après que Cocteau a publié son *Ode à Picasso* ?

Santo-Sospir, la villa du Cap-Ferrat que Francine Weisweiller, la jeune épouse de l'héritier de la Shell, ouvre grand à Cocteau en 1950, ne se situe par chance qu'à une heure de route de Vallauris, où Picasso réside depuis 1948. Cette coïncidence redonne à Cocteau l'espoir de sortir de sa semi-quarantaine alors qu'il ne peut plus compter sur la présence de Jean Marais pour l'y aider. La détresse qui a suivi le départ de l'acteur a été heureusement surmontée par la rencontre d'un jeune Yougoslave que Cocteau a arraché aux mines de Lorraine pour l'installer comme jardinier dans le repaire des dieux qu'est la villa Santo-Sospir. Et depuis, le délicieux Doudou Dermit, auquel il a donné un rôle dans *L'Aigle à deux têtes*, le film qu'il a tourné en 1948, fait son bonheur.

Cocteau sait depuis Olga qu'on ne s'attache vraiment Picasso qu'à travers ses compagnes, mais Dora Maar ne peut plus servir d'intermédiaire, là aussi. Après avoir découvert que le peintre continuait de fréquenter Olga et Marie-Thérèse, puis refusé de lui donner des enfants afin de ne pas *pénaliser de petits innocents*, Dora s'est enfermée rue de Savoie durant la guerre pour y multiplier les autoportraits intitulés *La Femme qui pleure* : Picasso était trop occupé à peindre la jeune Françoise Gilot, qui venait d'entrer dans sa vie. Elle l'avait payé d'une lourde dépression.

De quarante-cinq ans plus jeune que lui et ne s'accordant aucune féminité *a priori*, Françoise Gilot a su réveiller les ambiguïtés de Picasso – *Je l'aimais comme si c'était un garçon*, avouera-t-il. Elle a obtenu de s'installer rue des Grands-Augustins puis à Vallauris, où elle nourrit depuis son œuvre aussi sûrement qu'Olga, Marie-Thérèse ou Dora Maar en leur temps. Entrer en contact avec elle serait pour le poète le meilleur moyen de se rapprocher de Picasso, encore faut-il trouver le bon prétexte. *Que te souhaiter ? Tu as tout*, lui avait-il écrit pour le nouvel an 1950. L'absence de réponse le lui avait confirmé : Picasso n'a plus besoin de lui. Encore ne sait-il pas tout de sa pensée profonde : ce n'est qu'à travers son propre journal qu'on peut se faire une idée, parfois embellie, de la façon dont le peintre l'envisage alors.

Une occasion se présente avec James Lord, un des GI's qui se sont rués dans l'atelier de Picasso en 1944 et dont celui-ci s'est « épris », à en croire Cocteau. James Lord montrant un remarquable appétit pour toutes sortes de génies et s'apprêtant à passer des vacances à

Villefranche avec Bernard Minoret, son compagnon, Picasso les encourage à sonner à la porte de Cocteau, villa Santo-Sospir, en arguant que sa conversation leur éviterait d'avoir à acheter son prochain livre. Le plan se déroule au mieux. Cocteau se montre plus que généreux envers les deux nouveaux venus, mais une visite en retour des trois hommes à Vallauris compromet ses espoirs de retrouvailles : alors qu'un obscur photographe présent a droit à une superbe sanguine, Cocteau ne se voit offrir qu'un tesson de poterie laissant deviner un visage grotesque qui a pour seul mérite d'être signé Picasso – l'un de ces cadeaux sadiques que le peintre adore faire, à l'image de ces chaises où l'on ne peut s'asseoir sans se blesser.

Picasso peut être abominable, Cocteau s'y résout. Il lui faut empêcher quiconque de se croire indispensable, encourager le matin pour mieux désespérer le soir, se prêter sans jamais se donner. Seuls les inconnus n'ont à se plaindre ni de son accueil, ni de sa générosité : les autres doivent apprendre à endurer. Cocteau a beau avoir un seuil élevé de tolérance dans ce domaine, il ne peut accepter de passer après un inconnu. L'intime de Picasso depuis trente-cinq ans, il en vient à déplorer le caractère *pauvre et sec* de son génie. Du moins ignore-t-il que le peintre a violemment reproché au jeune James Lord de lui avoir ramené cette *pute*, avec une violence quasi inexplicable, comme s'il restait le paria que le PC avait sauvé de l'Épuration mais non de ses compromissions.

Désespéré de n'être pas invité à l'inauguration de *L'Homme au mouton*, la sculpture qui trône depuis cet été 1950 sur la place du marché de Vallauris, Cocteau s'installe avec James Lord et Bernard Minoret au balcon d'un restaurant situé à l'arrière de l'estrade d'honneur où Picasso trône avec Françoise Gilot et Éluard parmi les pontes du Parti. Alla-t-il jusqu'à déclamer un hommage personnel à la statue entre chaque discours, comme Françoise Gilot l'affirme, ce que James Lord nie ? À peine Laurent Casanova, le Jdanov français, a-t-il fini de célébrer l'engagement révolutionnaire de Picasso que Cocteau se lève en entraînant James Lord et Bernard Minoret pour se défouler contre l'engagement stalinien du peintre – un déshonneur et un travestissement à ses yeux. *Il était toujours malade de Picasso*, confirme un proche.

Éluard ayant la bonne idée de mourir, les communistes invitent Cocteau à prendre la tête du cortège menant sa dépouille au Père-Lachaise en compagnie de Picasso, d'Aragon et de leur Bureau politique. *Le Parti orchestre cette mort d'une petite source en mort de V. Hugo*, note Cocteau fin 1952 dans le journal qui lui sert de confident depuis le décès de sa mère en 1943 – il y consigne les propos de ses amis avec le soupçon d'amertume qui commence à teinter ses jugements littéraires. Mais il est assez bien placé dans « l'orchestre » pour impressionner Picasso, déjà en quête d'un nouveau poète-lauréat. Aragon ? Peu fiable à ses yeux, et trop proche de Matisse. Trop dépendant du Parti aussi, et toujours à vouloir lui lire ses poèmes ou à l'impliquer dans ses incessantes campagnes d'opinion. Leiris ? Excellent essayiste doublé d'un rigoureux masochiste, par ailleurs l'époux d'une de ses galeristes, mais trop mélancolique pour lui.

Max Jacob étant mort à la fin de la Seconde Guerre et Apollinaire de la Première, Cocteau semble le dernier à pouvoir magnifier son travail. *Banderillero* aime aussi admirer, et le cercle de ses relations est quasi planétaire : il n'est pas de jour qu'il ne lui rapporte des propositions de collaboration venant d'un producteur ou ne lui présente un cinéaste prêt à tourner un film sur lui. La constance critique d'un Leiris en impose plus à Picasso, mais Cocteau a le mérite d'ajouter une dimension amoureuse à ses louanges. Ainsi l'écrivain retrouve-t-il après vingt-sept ans d'éclipse son titre de poète-lauréat à la cour d'*El Rey*.

La date fixée, Françoise Gilot négocie les conditions de sa venue. De même qu'à Paris les visiteurs souhaitant saluer Braque ne doivent le faire qu'*après* avoir rendu hommage à Picasso, Cocteau ne peut prétendre avoir accès à Vallauris qu'en se pliant aux contraintes d'un emploi du temps qui voit Picasso dormir jusqu'à onze heures le matin, travailler de trois heures de l'après-midi à onze heures le soir, puis s'y remettre après le dîner, jusqu'à deux-trois heures du matin, parfois six. *Avec moi, ce n'est jamais amis comme cochons*, assène le peintre dès qu'on tente de contourner ces règles tatillonnes : Braque reste le dernier à qui il accorde le droit de le faire attendre.

En public Picasso assure être un homme *comme les autres*. En privé, le républicain affiché se montre imbu des préséances réglant sa vie débraillée : le protocole protégeant ce souverain en short est presque aussi tordu que celui que Proust imposait à la fin de sa vie à Cocteau. *Tu es le premier roi communiste*, lance ce dernier en le voyant régler son quotidien comme le Roi Soleil en son temps, quoique avec plus de familiarité. De même que ses camarades du Bateau-Lavoir jouaient à être Baudelaire, Degas ou Courbet pour mieux s'entre-critiquer en découvrant leurs toiles respectives, le peintre a pris l'habitude de « répéter » ses rendez-vous avec Françoise Gilot. S'ils attendent un marchand, la jeune artiste endosse le rôle d'un Picasso réticent à laisser partir ses chefs-d'œuvre tandis que lui-même *devient* le galeriste brûlant de les acquérir, afin d'anticiper ses réactions pour mieux faire monter les enchères quand il sera là *pour de vrai*. Picasso s'arrange pour vous mettre en mauvaise posture, confirme Cocteau, comme s'il parlait d'un judoka.

Picasso restant capable de le décommander au dernier moment, l'écrivain doit toujours vaincre une appréhension à l'approche de ses visites. Quand la Bentley qui le mène avec Francine passe le portail de la maison de Vallauris, il craint encore de rejoindre la horde des importuns qui privent Picasso d'un tableau en lui prenant son temps. Tous deux tendant à monologuer, le démarrage s'avère souvent aussi malaisé qu'à leurs premières rencontres. *Possessif par nature, il voulait que l'autre lui devienne transparent*, dit Françoise Gilot du peintre. *Toutefois, dès qu'il avait appris ce qu'il voulait savoir, il cancanait, devenait manipulateur ou se désintéressait.* Difficile de se détendre dans un tel climat.

Vive, pugnace, Françoise Gilot reconnaît d'emblée à Cocteau une véritable humanité, seul domaine où Picasso ne cherche pas à briller. Comme Olga autrefois, elle use de son pouvoir sur le Malaguène, dont elle régit aussi la vie amicale, pour réimposer progressivement sa présence. Plus belle encore que ses rivales passées – *En amour, tu n'es pas dégagé des maîtres*, a lancé Braque à Picasso –, elle ouvre grand leurs portes à un écrivain heureux de sortir de son purgatoire littéraire, tout en feignant la plus grande neutralité à son égard, de crainte d'enflammer la possessivité du maître. Et Picasso reprend plaisir à la présence de Cocteau. *Son côté paysan andalou, dont il jouait si bien par ailleurs, avait éprouvé une certaine admiration pour le savoir-faire du jeune bourgeois Cocteau*, note Bernard Minoret.

Quelques visites à l'atelier de Vallauris suffisent à tout dénouer. *Avec Picasso je me sens chez moi*, écrit Cocteau dans son journal. Au premier regard, il reconnaît les objets entrés dans la composition des tableaux que le Malaguène lui soumet, comme il repérait immanquablement les modèles humains que Proust manipulait dans *la Recherche*. Picasso restant capable de tirer d'un visage une perfection néo-ingresque, une caricature mélancolique et un patchwork post-cubiste, il retrouve la sensation grisante de participer à une Genèse d'exception. Plus que jamais Picasso tend à ramener à l'état d'ébauche ses toiles et affecte la maladresse afin de mieux éliminer toute trace d'académisme. Le pigeon que peignait consciencieusement Don José est devenu l'esquisse brouillonne d'une colombe portant au bec un rameau d'olivier que des militants pacifistes brandissent devant tous les ministères de l'Occident – la petite Paloma, dont Françoise Gilot vient d'accoucher, lui doit son prénom. À près de soixante-dix ans, Picasso retrouve sa propre enfance à ses côtés, lui qui aime tuer *les microbes de l'habitude*.

Cocteau ne lésine pas pour dire son admiration devant la capacité intacte du peintre à s'approprier formes et matériaux : cassées puis réassemblées, toutes les vaisselles du monde se changent en or entre ses *mains fées* ; le sac de jute et le peigne en bois deviennent à l'instant sa *chose*, avant d'être accrochés sur les cimaises d'une galerie. Son génie s'impose si bien qu'au sortir de l'atelier de Vallauris, où il a découvert *La Guerre et la Paix*, Cocteau juge soudain la réalité extérieure *pâle, incolore, bête, morte, éteinte*, comme si ce créateur-là surpassait l'Autre. Évoquant l'histoire de la peinture, Picasso soutiendra que, n'ayant pu atteindre le sommet de l'échelle, il en a brisé tous les barreaux. Cocteau le confirme : le Malaguène poursuit moins un but qu'il n'est le mouvement.

À nouveau comblé d'éloges, Picasso travaille de plus belle. La machine tourne à plein régime, l'atelier s'emplit de merveilles que Cocteau s'impatiente de découvrir en avant-première. À lui de solliciter sa venue par lettres, télégrammes et autres téléphonages : Picasso exclut *a priori* de se rendre à Santo-Sospir. Des appels qu'il adresse à Françoise Gilot afin de susciter chez lui cet embryon de jalousie sans quoi il pourrait les ignorer. *Je suis Mahomet,* répète Picasso, *c'est à la montagne de se déranger.*

Comme à son retour d'Italie en 1917, Cocteau recommence à partout célébrer un peintre dont l'œuvre agit sur lui comme *un sérum de jouvence.* Fier de pouvoir sortir du sac où il cache ses *trésors du cœur* quelque billet de son *Maestro très chéri* et d'arborer à nouveau en public sa couronne de poète-lauréat, il retourne à Rome pour donner en 1953 des conférences à son sujet. Il ne peut voir une exposition Picasso sans avoir envie d'embrasser les murs, l'essence de la création s'y exprime de façon *joviale* : le Malaguène est bien le plus grand peintre que l'histoire ait connu.

Incapable de ne *pas* produire, n'éprouvant de fatigue que lorsqu'il se repose, Picasso se réimpose en super-alter ego. Lui aussi se refait sans cesse – il n'illustrera pas pour rien *Les Métamorphoses* d'Ovide. Lui aussi sait maintenir une distance avec son œuvre, comme si elle était le fait d'un autre – *Je leur trouve bonne mine*, peut-il lancer en redécouvrant d'anciennes toiles. Tous deux sont des Protée dont la Peinture et la Poésie se servent pour se renouveler, au contraire des laborieux qui n'ont qu'une chose à dire. *On n'est jamais plus sensible que devant Braque au côté Cocteau de Picasso*, disait

Jean Paulhan avant guerre : resté fidèle au cubisme, qu'il a embourgeoisé, Braque souligne *a contrario* le cousinage de ces Arlequins dont l'un se définit comme *un poète ayant mal tourné* et dont l'autre pourrait se dire *un dessinateur dévoyé.*

Le secrétaire général du Parti communiste n'a plus qu'à parler avec admiration de Cocteau lors d'un de ses vernissages pour que Picasso, encouragé par le verdict du *premier stalinien de France*, regarde de nouveau son ami avec gratitude, durant la corrida qu'ils suivent, et l'embrasse devant les objectifs. Alors qu'il peine souvent à lui parler de ses écrits, il lui fait soudain part de sa sincère admiration pour le texte *magnifique* qu'il vient de consacrer à leur jeunesse et le met soudain *plus haut* que tous leurs contemporains, Éluard compris. Comme si son indifférence avait besoin d'une caution pour se changer en approbation, il souffle à l'oreille de Cocteau : *Je suis heureux d'être ici et avec toi*, avant de proclamer devant un micro son bonheur d'être son ami.

La remarque suffit à convaincre Cocteau d'être le seul que Picasso estime à son niveau. Ne lui reconnaît-il pas une compréhension intime de l'acte créateur dont il ne créditait pas même Apollinaire – *il ne connaissait rien à la peinture*, dira Picasso à Malraux… Formé aux Mystères par Max Jacob et Apollinaire et chaque jour plus superstitieux, l'Espagnol en vient à lui accorder des *pouvoirs* en constatant la puissance de ses visions – *des nuages dans lesquels on peut planter un clou*, dit-il. Tout est écrit en haut, mais très peu savent lire, pensent-ils tous deux.

Cocteau était pris jusque-là de panique, à l'idée de composer un tableau. La toile semblait se refuser à lui, comme s'il allait la *polluer*. Picasso l'encourageant soudain à peindre, il s'installe devant un chevalet et se met à son école, comme il l'avait fait enfant avec son père. Ultime incitation à son Imitation, Picasso le présente à Mme Ramié, laquelle cuit ses céramiques à Vallauris, après l'avoir aussi l'encouragé à la poterie. Cocteau ne manquant pas une seule des assiettes qu'il grave à la pointe, le test est jugé plus que concluant. Mais alors qu'il s'est engagé à les peindre, Picasso se contente de demander à Mme Ramié d'ajouter au dos *d'après Picasso*. Une déception pour Cocteau, qui espérait les voir pleinement adoptées.

Porté par l'imprimatur de *Pablissimo*, l'écrivain appose sa signature étoilée, ses profils de légende et ses yeux maçonniques sur tout un tas de tasses, de foulards et de céramiques. Sa joie à griffer le monde se redouble du plaisir de comparer son *modus operandi* avec celui de son idole. L'intention comptant moins que l'exécution à leurs yeux, ils ont appris à intégrer à leur travail les accidents de parcours – taches, traits fautifs, plans perturbés par le passage d'un avion – et ont acquis un étonnant savoir expérimental : *C'est par nos fautes que notre véritable force s'exprime*, assure Cocteau dans *Requiem*.

La comparaison encourage à nouveau l'osmose. De même que Picasso a forgé durant la guerre une tête de taureau en fixant un guidon de vélo sur une selle, Cocteau dote le torero d'une de ses toiles de cornes. Les cils de Francine Weisweiller deviennent aussi vibrants sous ses crayons que ceux de Françoise Gilot sous ceux de Picasso, lequel continue pourtant de le dominer par la vigueur intacte de sa libido. Freud consacra tout un essai à montrer que l'omniprésence de vautours dans les tableaux du Vinci trahit l'aveu inconscient d'un désir de fellation ? Nul besoin d'avoir passé sa vie sur le divan pour voir que les toiles de Picasso célèbrent l'érotisme à travers la figure du Minotaure, l'homme-taureau que vénérait la Crète, ce monstre auquel il s'identifie : lui qui voudrait que ses nus *sentent sous les bras* dit à chaque toile combien le sexe compte pour lui. Cocteau a pu réaliser de merveilleux dessins érotiques dans les années 1920, à soixante ans passés il n'a plus d'illusions sur son aptitude à rivaliser avec Picasso sur ce point, comme il l'avait fait à Rome. Il se contente d'entretenir la flamme virile du peintre en lui expédiant des cartes postales affriolantes. Françoise Gilot attend désormais un fils ? Il se dit déjà certain que le petit Claude sera magnifique, comme tout ce que fait *Pablissimo* : ce taureau a vraiment des couilles en or.

La nouvelle élue se montrant plus affectueuse encore que les précédentes, Cocteau peut croire reformée la petite famille qu'il contribua à fonder lors de son « voyage de noces » avec Picasso à Rome. Dotée d'assez de personnalité pour pouvoir répondre en toute occasion au maître, Gilot possède un sens aigu de la formule : *Quand Jean Cocteau est de face, il est encore de profil*, dit-elle ; *quand Picasso est de profil, il est encore de face*. L'un et l'autre n'auraient pu mieux s'exprimer.

Tout a déjà été dit sur Picasso, Cocteau le sait. Mais cette limite le pousse à radicaliser sa façon de louer un créateur qui a su conquérir le monde avec une œuvre réservée *a priori* à une poignée de critiques, en alliant la sauvagerie d'un Rimbaud à la puissance d'un Hugo. Il aime Picasso comme il aurait tant aimé être aimé – *excessivement*. Quelle joie aussi quand il entend le peintre lui dire combien il estime son cinéma, avant d'ajouter : *D'habitude les poètes font de très mauvais dessins*, alors qu'il lui soumet les siens. Et lorsque Picasso souffle à *leur* potier de Vallauris : *Il n'y a que lui et moi qui possédions une pareille faculté de travail*, Cocteau touche à l'extase. Son vieil ami est à nouveau couvert de *Je pense à toi sans cesse* et de suppliques dévotes : *Chaque fois que ton génie s'exprime à n'importe quel échelon de l'échelle accorde-moi une petite vague de ta pensée*.

Comblé de textes, de dessins et de poèmes, comme aux plus beaux jours de 1916, Picasso en vient à emprunter à Cocteau certaines de ses formules. Il parle à son tour de l'art comme d'un *mensonge qui dit la vérité* et des *trompe-l'esprit* qui sortent de ses pinceaux. Il s'approprie *À l'impossible je suis tenu* qu'aime répéter Cocteau et son *Je ne cherche pas je trouve*, qui reste à jamais attaché à la personne de l'Espagnol[1]. Genet pourra reprocher à Cocteau d'*inventer* les mots qu'il prête à Picasso et à lui-même pour mieux les qualifier d'*admirables* : la joie du poète est bien d'*améliorer* ses amis, comme il l'a prouvé en offrant à Coco Chanel *La mode c'est ce qui se démode*, la plus frappante de ses formules. *C'est là notre rôle de fabuliste, faire parler les animaux*, ajoute Cocteau.

Ce pillage ne se cantonne pas aux mots. Les portraits de Balzac que le Malaguène multiplie en 1952 rappellent de façon troublante ceux que Cocteau esquissait dès 1948 – ils vont seulement plus loin dans la défiguration et le grotesque. *Tous les artistes volent*, assure Françoise Gilot en évoquant cette époque. *Mais alors, le donneur était Cocteau et le voleur Picasso.* Le premier aimant inspirer le second, lequel pratique depuis toujours le cannibalisme, chacun y trouve son compte. Ainsi amélioré, le Malaguène tourne à plein régime sans autre souci que lui-même. *Picasso a de la chance d'être toujours avec Picasso*, note Jean Genet – la remarque éblouit Cocteau.

Protégé par sa fortune et son idéologie, soutenu par Wall Street et le Kremlin, le peintre cumule le prestige de la révolte et les rentes de la gloire. Les musées et les galeries du « monde libre » renchérissent pour acquérir ses toiles, les « démocraties populaires » encensent sa contribution décisive à la lutte pour la paix. Alors que

1. « Trouver d'abord, chercher après » : la formule viendrait en réalité de Christophe Colomb.

sa peinture ne délivre aucun message – *Je ne suis pas télégraphiste !* ronchonne-t-il –, elle est unanimement « lue » comme un cri de révolte contre le monde *tel qu'il est*. Le prince Rainier de Monaco et les Rothschild sont les premiers à acheter ses œuvres, Ali Kahn, Maurice Thorez et l'empereur du Japon, à se faire photographier à ses côtés. Moscou, New York, Genève et Saint-Germain-des-Prés s'accordent sur un point : Picasso est le génie du siècle. De Miami à Vladivostok, la terre entière fait tourner une « usine » qui ne connaît ni grève ni congés payés – le triomphe du taylorisme américain en pleine ère du stakhanovisme soviétique. Sanctifié par l'union récente de la critique et du marché auquel ni les impressionnistes ni les fauves n'eurent droit, le nom de Picasso enflamme les enchères. Avant même le *Mao* de Warhol, le fils du petit peintre de Cadix opère la synthèse du $ et de la ☭ pour engendrer une sorte de *commutalisme* valable pour lui seul, plus proche de l'abstraction libérale que du réalisme socialiste. *Gagner sur le noir et sur le rouge. Et si le zéro sort, il gagnera même sur le zéro*, note Cocteau.

Porté par *la crainte et l'admiration fétichiste qu'il inspire dans toutes les parties du monde*, Picasso n'a plus grand-chose à redouter de ses rivaux. Surmontant pour lui seul leurs frustrations, ils sont les premiers à combler d'éloges ce rival qu'ils envient et parfois haïssent. Critiquer Picasso ? Ce serait pisser contre le vent et dénoncer sa propre amertume. Totem devenu *tabou*, ce *Jupiter creator* est le dernier à pouvoir encore taxer de *ratée* une de ses œuvres, avant d'ajouter avec une modestie qui met les rieurs de son côté : *Je me trompe tout le temps, comme Dieu.*

La gloire de Picasso prend par certains côtés un tour déroutant. Alors qu'il serre ses meilleures toiles dans les coffres de ses banques, des dames à lunettes de chat en réservent auprès de galeristes plusieurs mois à l'avance, sans même désirer les voir – *Si j'achète des Suez, je ne vais pas visiter le Canal !* s'agace une spéculatrice américaine. De grands restaurateurs le supplient de régler son addition avec un coin de nappe signé et des naïades ne se lavent plus depuis qu'il a gouaché leur dos sur une plage : la terre entière contribue à une célébrité que des milliers d'admirateurs viennent visiter, acheter, interviewer. Le capital se multipliant avec la garantie de l'État, des musées et des Soviets – Marx en serait resté pantois.

L'apparition de l'abstraction lyrique aux États-Unis a certes fait vieillir Picasso, qui le premier a confié à Vlaminck *Je me démode* en le croisant lors de l'exposition Breker de 1942. Clement Greenberg, le critique américain qui vient de consacrer Pollock, a annoncé *urbi et orbi* l'essor d'un art strictement non figuratif et le déclin du picassisme. Mais qui oserait dire au peintre que ses Minotaures à l'encre de Chine paraissent aussi *vieux jeu* que les Orphées ou les Narcisses de Cocteau ? Picasso ne le croirait d'ailleurs pas, lui qui nie l'existence de l'art abstrait : *Même si une toile est verte, eh bien le sujet c'est le vert.*

L'hostilité persistance des tenants de l'académisme, relayée par les reliquats de bon sens populaire que ses toiles suscitent (*Ma petite-nièce en fait autant…*), lui vaut encore des sarcasmes : *Je préférerais subir des assauts de pique-assiette plutôt que des assiettes de Picasso*, ironise le peintre mondain Jean-Gabriel Domergue. Le Malaguène reçoit toujours nombre d'insultes anonymes et en 1955 encore, un petit cercueil rempli de merde. Des voix officielles s'élèvent parfois contre lui dans le camp socialiste – Baselitz sera exclu en 1957 d'une école d'art de Berlin-Est pour avoir peint *à la manière de Picasso*. Mais ces propos franchissent rarement un Rideau de fer sévèrement gardé, ou ne réussissent *a contrario* qu'à souligner l'extraordinaire conjonction de soutiens dont jouit Picasso. Le grand public se félicite lui-même d'avoir surmonté ses préjugés contre un peintre « chaotique », même quand il ne ressent devant ses toiles qu'un mélange d'embarras et d'ennui. Il lui suffit d'un tableau éblouissant pour qu'il ravale ses réserves et adhère en bloc à son œuvre – en détail tout risquerait de s'effondrer, comme avec le communisme.

En ressortant de l'atelier de Picasso, Proust avait confié à Céleste qu'il n'avait rien compris, mais qui oserait en dire autant, trente ans plus tard ? Les plus enthousiastes perçoivent Picasso comme le pionnier d'une façon nouvelle de voir le monde, les plus pessimistes, comme l'ultime *peintre* à connaître sur le bout des doigts l'art occidental. Il gagne déjà, en une journée de travail, plus qu'un ouvrier en une vie de labeur aliéné. Un seul de ses tableaux lui a suffi à acheter la maison de Ménerbes où Dora Maar est partie se cloîtrer, et la toile a déjà pris vingt pour cent de valeur. Les plus grands syndicats de la terre le supplient d'envoyer un dessin pour leur réunion annuelle à Prague, les potiers de Vallauris retrouvent grâce à lui une santé économique insolente après avoir manqué fermer. On ignore encore qu'il y aura un jour dix musées Picasso dans le monde, avec leurs millions de visiteurs annuels, mais personne ne doute de son avenir : trop de galeristes et de courtiers entretiennent sa cote pour qu'elle puisse retomber. La spéculation naît d'habitude de la rareté ; plus Picasso produit, plus il prospère.

Les magazines suivent à la trace ce Midas, de *Match* à *Life*. Chacun sait le prénom de sa nouvelle compagne, l'état de santé de son chien Lump et le prix de ses tableaux. La foule accourt aux corridas qu'il parraine dans l'espoir de grappiller les miettes d'une gloire en expansion permanente. Dédié à l'exploitation de son génie, Picasso est plus que jamais ce bloc inattaquable que *Parade* a consacré – le contraire de Cocteau, et son miroir à la fois.

L'écrivain connaît pourtant un regain de popularité. La jeunesse, qui avait fait un triomphe à son *Éternel Retour* sous l'Occupation puis à *La Belle et la Bête* à la Libération, attend avec impatience son adaptation des *Parents terribles* au cinéma. Et le jury du festival de Cannes, qu'il dirige à plusieurs reprises dans les années 1950, le place régulièrement à l'affiche du même *Paris-Match*. Acclamé lors de ses tournées en Italie ou en Allemagne, dont il parle la langue, il est enseigné aux États-Unis et son premier film expérimental, *Le Sang d'un poète*, est projeté *non stop* à New York. Mais il est loin d'avoir l'autorité intimidante de Picasso. Les campagnes de haine menées par les surréalistes puis les ultras de la collaboration l'ont si bien fragilisé que le premier plumitif venu peut s'autoriser à le traiter par-dessus la jambe. Cette vedette vieillissante n'en impose plus trop, même quand ses fulgurances surprennent encore.

Cocteau gagne en outre toujours aussi mal sa vie, même s'il réside une partie de l'année dans la villa Santo-Sospir, dont il a *tatoué* en 1950 les murs. Ce luxe lui est implicitement reproché alors que personne n'aurait l'idée, malgré les problèmes de logement que Paris connaît depuis la guerre, de demander la réquisition des deux appartements que Picasso possède dans la rue La Boétie, inoccupés depuis le départ d'Olga. Tout en assurant être allé au communisme *comme on va à la fontaine,* le peintre applique en toute occasion les règles éprouvées du libre-échangisme. Il met en concurrence ses marchands, qui doivent attendre à la porte de son atelier que leur rival en ressorte, mais aussi ses maîtresses, qu'il pousse à accepter des formes de cohabitation humiliantes. Entretenue avec soin, l'inquiétude du harem lui assure de travailler au calme, les plus fortes l'aidant à se défaire des plus fragiles. *Pour moi il n'y a que deux sortes de femmes, déesse ou tapis-brosse*, répète-t-il volontiers – c'est souvent la même à quelques années de distance.

Sans doute Picasso ne s'achète-t-il rien que des maisons et ne jouit-il de pas grand-chose. Quand Cocteau le surprend en short et en chaussons dans son atelier, il retrouve le même capharnaüm qui l'avait surpris en 1915 rue Campagne-Première. Ce désordre, auquel personne n'a le droit de s'attaquer, suffit à entretenir le mythe d'un artiste fidèle au radicalisme de sa jeunesse bohème, alors que Picasso a régulièrement besoin d'ouvrir sa malle Hermès pour se rassurer en comptant les liasses produites par son travail – il y en a pour plus de cinq millions de francs.

Cocteau trouve parfois le sort injuste. Un journaliste s'illustre en parlant de l'œuvre de Picasso, il se dévalue en célébrant ses poèmes. Il s'exprime de façon virtuose, on le lui reproche, il fait rire aux larmes, on le traite d'amuseur. La foudre lui tombe dessus dès qu'il cherche à trop attirer la lumière mais qu'il s'efface et on le prétend fini. *On dit d'avance que ce que tu fais est magnifique*, confie-t-il à Picasso. *D'avance ce que je fais est détestable. Cela est tout de même triste*, lui concède le peintre, avant de retourner à ses pinceaux, tandis que Cocteau part retrouver sa vie de labeur : *Produire. Produire et empiler et perdre et qu'on me vole, voilà mon sort.* Et quand on ne le vole pas, il ne lui reste qu'à *donner* pour s'attirer un peu de gratitude. C'est son karma, comme celui de Picasso est d'accumuler.

Comme il aimerait échanger leurs rôles, parfois ! Abandonner son enveloppe d'air pour gagner le corps trapu du Malaguène…

La corrida s'impose comme le théâtre où afficher leur amitié, les jours de feria. Que ce soit à Nîmes, en Arles ou à Vallauris, ils pénètrent dans l'arène suivis d'une escorte de fifres et de tambourinaires, de gardians à cheval et de fans à pied, de Gitans en chapeau et d'Arlésiennes en tenue – jusqu'à vingt personnes, tapeurs compris. On les voit suivre depuis la tribune « royale » les faenas en retenant leur souffle. Le cœur du Minotaure et celui de *Banderillero* battent à l'unisson devant une mort toujours possible – jusqu'à ce que le vainqueur leurs jette l'oreille de sa victime. Picasso lui lance-t-il en échange une montre où les heures sont figurées par les douze lettres de ses nom et prénom ? Cocteau y ajoute sa Rolex, dont la valeur moindre est compensée par les boucles d'oreilles en émeraude que Francine y ajoute.

Dans les rues de Nîmes ou à la terrasse de l'hôtel Nord-Pinus, à l'ombre des platanes d'Arles comme de Vallauris, leur couple devient aussi notoire que celui d'un Bogart et d'une Bacall. On les touche comme s'ils étaient des porte-bonheur, on les porte en triomphe ainsi que des toreros. On exige d'être pris en photo à leurs côtés avant de les harceler de demandes d'autographes et de les forcer à se réfugier chez Douglas Cooper, l'ami collectionneur de Picasso, dans son château de Castille. Ils y retrouvent parfois Michel Leiris, qui a pu comparer le rôle de l'écrivain devant sa propre vérité à celui du torero face à la corne du taureau.

La tauromachie avait commencé par révulser Cocteau. Il décrivait avec effroi, en 1918, l'agonie d'un taureau hérissé de lames tombant à genoux en déroulant sa langue sur le sable, devant des Espagnoles saoules de sang et de sueur, trépignant de joie sur leurs *pieds de bouc*. Mais dès 1923 elle lui inspirait un très beau crayon inclus dans le volume *Dessins*, précisément dédié à Picasso, aux côtés de qui il a appris à tirer un certain plaisir de ces passes cruelles s'achevant avec les ultimes spasmes des bêtes *laquées* de rouge. Ce sang qui s'épanche à gros bouillons le fascine. Il en vient à *s'abolir* dans le spectacle de l'arène et ne trahit plus de haut-le-cœur que par l'automatisme *qu'on observe chez le bétail décapité des abattoirs*. Picasso avouera à Dominguín qu'il aurait aimé être picador s'il n'avait pas été peintre : *Banderillero* s'identifie à la bête agonisante.

Alors que le toril est depuis longtemps le cœur du monde sans cœur de Picasso, la corrida devient familière à Cocteau. Que la féminité du toréador, dans son habit de lumière, puisse l'emporter sur la virilité exacerbée de la bête lui redonne foi et courage : le frêle Thésée avait bien vaincu le Minotaure, après tout. Alors que son talent graphique décline dans ces années 1950, ses meilleurs dessins portent les couleurs crues de la faena.

Quand le peintre s'habille en torero – *montera*, veste brodée et cape – pour présider aux corridas qu'il organise à Vallauris, sans mise à mort toutefois et avec des taureaux qu'il est allé lui-même choisir en Camargue, le public s'imagine qu'il pourrait réellement se jeter dans l'arène, même si Picasso n'est pas assez bête pour s'y risquer. Avec son chapeau noir à large bord, Cocteau se contente de se déguiser en gardian, l'homme qui rassemble les bêtes dans l'arène, avec cette adaptabilité naturelle qui le fait versifier en espagnol quand il se rend dans la péninsule Ibérique. Mais c'est la force de Picasso que la foule célèbre quand il s'affiche au bras de Françoise Gilot ou qu'une jeune femme en bikini lui saute au cou devant une nuée de photographes. C'est lui qu'on identifie tour à tour au taureau et au vainqueur, quand bien même Cocteau s'affiche aux côtés de la belle et riche Francine. Ce dernier ne paraît que le dieu mineur d'une mythologie essentiellement ibérique.

Les années passant, Picasso se laisse volontiers aller. Le petit adulte précoce qui dessinait dans son coin quand les autres enfants jouaient au petit cheval semble à soixante-dix ans vivre enfin une enfance « normale ». Adorant les histoires drôles et les coq-à-l'âne, il encourage Cocteau à créer un climat propice au rire. L'écrivain accumule les souvenirs gigognes remontant à leur jeunesse, lesquels suscitent en retour les perles cruelles de son *cher Magnifique*. Il retrouve ce pouvoir d'imitation qui impressionnait déjà les amies de sa mère en 1905 ; Proust, Satie ou Stravinsky revivent par sa bouche, avant que la voix rocailleuse de Claudel ne vienne reprocher à Gide *les petites saloperies* émaillant son œuvre : tous les génies du premier avant-guerre se retrouvent à la cour de Picasso !

Emporté par l'évocation du tourbillon Tzara, le peintre accepte un entretien sur « radio-Cocteau » et déblatère à coup d'*archinoronfkeik* et de *lambigkolrom* dans un idiome de leur invention, une réminiscence du zaoum dadaïste de leur jeunesse censé traduire les amphigourismes de l'avant-garde – ils en feront en 1956 un disque hilarant, *Picasso parle*. Pour Francine Weisweiller et Françoise Gilot, qui n'étaient pas nées à leur rencontre, c'est un délice d'entendre ces légendes vivantes évoquer les années 1920, eux qui marièrent Apollinaire, firent *Parade* avec Satie et séjournèrent à Naples avec Stravinsky : avec leur vigueur et leur fantaisie, leurs deux amis incarnent cette décennie qui lança le siècle et qui s'impose comme son âge d'or.

Pour distraire encore Picasso, Cocteau lui donne des nouvelles de Mme Favini, sa fervente admiratrice italienne. Issue de l'imagination féconde de l'auteur de *Thomas l'Imposteur*, cette comtesse chimérique mène de redoutables intrigues afin d'obtenir le droit de visiter le peintre à Vallauris dans l'espoir mal dissimulé de s'y installer. Cocteau couvre Picasso de lettres supposées de cette veuve richissime d'un fabricant de chaussures génois qui avoue sa passion immodérée pour le peintre avec une cuistrerie qui fait rire aux larmes la maisonnée : Mme Favini pousse le snobisme jusqu'à n'écouter *que* du Schönberg et la soviétomanie jusqu'à faire des grèves de la faim en faveur du rétablissement de Staline. Éluard n'est pas enterré depuis trois ans que le climat entre les deux amis est redevenu aussi gai qu'au temps de *Parade*.

Impressionné par la gloire mondiale de Chaplin, Picasso s'affuble soudain d'un melon, d'une boule rouge et d'une moustache carrée pour faire tourner sa canne à la joie de Cocteau, qui idolâtre l'acteur après l'avoir rencontré sur un bateau. Et les deux hommes de *chapliner* à coups de pied dans le derrière et de claques évitées de justesse. Encouragé par les rires, le peintre joue de son visage simiesque pour multiplier les travestis : ici coiffé d'un chapeau farce de chef sioux, là d'un masque à plumes de roi nègre, il devient un faune jouant du pipeau, le propre fils du pape refusant d'épouser la princesse Margaret d'Angleterre, enfin Hitler hurlant ses discours. Ainsi s'épanouit cet Arlequin qui reconnaît avoir *mis longtemps à être jeune* et s'enorgueillit d'avoir su oublier l'enseignement de son père pour apprendre à dessiner comme les enfants.

L'hystérie gagnant, Picasso s'empare d'une vieille chemise de nuit de sa grand-mère pour devenir une Gitane tapant le sol de son pied furieux – un flamenco qui a le don de faire virevolter Cocteau –, avant de tourner à la vieille dame américaine proférant des horreurs (le travesti libère sa férocité naturelle). De quoi conforter Françoise Gilot dans l'idée qu'il était passé à l'acte avec Max Jacob, sinon avec un très beau Gitan

– lui-même aimant se définir comme *un homosexuel d'honneur*.

Pour Doudou, le jeune amant de Cocteau, comme pour Carole, la fille de Francine Weisweiller, c'est merveille de voir ces deux papis jouer aux cow-boys puis s'encorner, le front planté d'index, avant que le peintre ne s'empare d'une cuillère, d'un torchon et d'une cape pour jouer au toréador et mettre en fuite l'écrivain. Ainsi les deux rescapés des Années folles s'épaulent-ils dans leur lutte contre un vieillissement inéluctable et se persuadent-ils, dans des pantalons à carreaux rappelant les Arlequins que *Parade* avait réunis, de rester les contemporains de leur jeunesse.

Qui pour finir est l'auguste et qui le roi, dans ce tandem hors norme – près de cent quarante ans à eux deux ? La question pourrait sembler sacrilège : *Pablo, qui ironisait volontiers, appréciait peu l'humour des autres*, note Françoise Gilot. Pour certains, Cocteau est devenu le fou d'*El Rey*, mais Picasso évoque pour d'autres ces bouffons qui finissent avec l'âge par se prendre pour le souverain. Laurel et Hardy seraient sans doute de meilleures références pour désigner l'aptitude déroutante de ce clown nihiliste et de cet ambianceur dépressif à se transformer.

Cocteau s'interdira toujours de rire d'un peintre qu'il admire et redoute : le code secret qui met le Malaguène à l'abri de la critique ne sera jamais transgressé, en public du moins : d'égalité réelle, il ne saurait être question. Le poète a beau être un imitateur plus nuancé que

Picasso, il ne fait de dupes que parmi les cœurs simples, les autres croient voir le « truc ». Quand le directeur de Barnum leur demandera de refaire leur numéro de toréadors pour le gala d'ouverture de son cirque, il proposera 5 000 dollars pour Picasso et 2 000 pour Cocteau.

Le fumiste

De retour à la villa Santo-Sospir avec les céramiques peintes que lui a offertes le prince de Vallauris, Cocteau fait figure d'oracle auprès des invités de Francine Weisweiller. Des domestiques veillant à lui ôter tout souci, il se remet à écrire, conçoit de nouvelles poteries et multiplie les toiles, quand il n'esquisse pas d'étranges tapisseries qui peuvent trahir l'influence de Picasso, mais qui n'illustrent que ses propres mythologies. Le résultat est sans doute inégal, mais il s'agit aussi de stimuler les efforts artistiques Doudou, l'amant en passe de devenir un fils adoptif.

Qu'ils disputent une partie de pétanque ou prennent le soleil à la proue de l'*Orphée*, Doudou s'avère un ange docile – tout le contraire du redoutable Radiguet. Quotidiennement encouragé, l'honorable *peintre du lundi*, comme Cocteau l'a baptisé, progresse vite. Ses toiles naïves témoignent d'une bienveillance qui n'a d'égale que leur absence de prétention : leur fraîcheur tient du miracle pour Cocteau, qui en loue partout l'innocence.

Grisé par les compliments du magicien qui l'a arraché à la mine, Doudou se voit doté de qualités surhumaines, comme Marais en son temps. D'abord comparé au Douanier Rousseau, le roi des naïfs – quoiqu'en vérité il semblât peindre *avant* le Douanier –, le voilà l'égal de Vermeer. Lui-même voit Cocteau comme l'astre caché du XXe siècle, le génie des temps nouveaux. Embellis par ces miroirs réfléchissants, les deux amants en viennent à perdre tout défaut à leurs propres yeux, comme les héros de *Riquet à la houppe* : jamais idolâtrie ne fut plus douce et heureuse.

À l'inverse de l'écriture qui le ramène à lui-même, la peinture libère Cocteau de son être douloureux pour le faire devenir la toile qu'il gouache et le papier qu'il noircit. Le travail le défatigue en l'anesthésiant, à l'ombre des pins de Santo-Sospir, il partage enfin la paix verte des végétaux. Francine Weisweiller en vient à tâter aussi du pinceau sous la tutelle de *Master Doudou*, comme Cocteau surnomme leur amant commun, lequel met sa fierté d'ancien mineur à former cette héritière richissime. Cocteau encourage à son tour la jeune femme à peindre tandis que Doudou, qui ne se réveille que l'après-midi, lui apprend à faire ses couleurs en serrant fort son poignet. Les villas voisines disputent d'interminables parties de bridge : porté par les effluves de tubéreuses et d'opium, le trio de Santo-Sospir brosse ses huiles en communiant dans la célébration de ses dons, à l'abri de cette villa de la Belle au bois dormant. *J'aime les autres et n'existe que par eux*, confesse le poète dans son journal.

Doudou est-il vraiment *le meilleur peintre de sa génération*, comme Cocteau l'assure ? Sans doute pas. Mais comment l'empêcher d'y croire quand Aragon loue publiquement *la peinture du jeune homme le plus silencieux du monde*… Sa candeur ne vaut-elle pas mille fois le cynisme des artistes consacrés ? Bercé par le voisinage d'un peintre aussi doux et falot que l'était son père, Cocteau connaît enfin une existence heureuse : Santo-Sospir baigne dans un climat angélique d'irréalité. *Ma seule gloire en ce monde sera d'avoir mérité l'amitié de ces deux êtres surnaturels*, confie-t-il à son journal.

De retour à Vallauris, Cocteau chante la virtuosité de Doudou devant Picasso. Il pousse son éloge en se rappelant l'accueil que le Malaguène avait réservé à Radiguet et à Marais : *C'est un peintre révolutionnaire par rapport à toi*, assure-t-il. Excité par ce gigantesque chiffon rouge, le taureau charge le frêle *Banderillero* à qui il veut bien reconnaître son art à « planter » ses phrases, certainement pas le droit de fonder un atelier rival. Cocteau repart en maugréant contre un peintre qui ne supporte plus d'entendre dire du bien d'un « collègue » et qui lui en veut de faire école à son tour.

Que Cocteau ne s'avise pas non plus de louer trop fort un peintre comme Bernard Buffet ou l'un des innombrables artistes mineurs qu'il lui arrive par « gentillesse » de prôner ! Picasso darde alors sur lui son regard noir avant de le pousser vers la sortie en lui assenant la formule fétiche de son père : *Je supporte mes amis quand ils partent*. Cocteau a beau savoir qu'il gagnerait à affronter Picasso – *Il file doux dès qu'on le menace*, note-t-il en ajoutant [...] *si même une personne de dernier ordre crie et l'engueule, il devient comme un mouton* –, il en reste incapable. Il repart le cœur en sang et court se réfugier dans le paradis de Francine pour tirer avec Doudou sur le bambou : seul l'opium peut lui faire digérer les crapauds jaillis de la bouche de l'Espagnol.

Le ciel se couvre à nouveau au-dessus de la Provence. Les deux villas se mettent à bruisser de rumeurs relayées par les compagnes, les amants et les amis. On rapporte à Cocteau des propos de Picasso susceptibles de le viser, à l'instar de ceux qu'il tient devant Geneviève Laporte : *Tout artiste est une femme et doit être gouine. Les pédérastes artistes ne peuvent pas être de vrais artistes car ils aiment des hommes. Comme ils sont des femmes, ils retombent dans le normal.* Cocteau apprend par la bande que l'Espagnol l'appelle dans son dos *le bossu* et s'amuse, quand il publie un livre ou un dessin, à désigner la moindre imperfection *comme l'ombre de la bosse* – pas un compliment, quand on connaît les superstitions croissantes du Malaguène. Un ami « bienveillant » lui révèle encore que ce dernier aurait soufflé à l'un de ses visiteurs : *Ce que Cocteau fait de mieux, ce sont les préfaces*. Comme s'il n'avait jamais rien écrit de solide en un demi-siècle et n'était que l'aboyeur d'une œuvre fantôme – encore l'effet *Parade* ! Lui, son plus vieil ami après Sabartés et Braque...

Ils avaient déjà frôlé la brouille en 1953. Cocteau était venu lui annoncer son départ pour l'Espagne, où Picasso refusait de retourner tant que Franco régnerait. Il s'était fait vertement reprendre par un peintre prônant un strict boycott du régime franquiste et qu'il avait traité intérieurement de brute. Picasso restait le taureau en pantoufles à qui il écrivait déjà en 1917 : *Je te souhaite tout ce que ton génie mérite et entre autres choses de comprendre un jour quel était l'ami que tu négliges.* Picasso se fichant d'à peu près tout, la réconciliation n'avait pas tardé ; Cocteau avait même obtenu le privilège d'aller visiter à Barcelone sa sœur cadette Lola, qui l'avait reçu dans un appartement *sordide et royal*, semblable aux lieux qu'occupe son frère.

Cocteau n'est plus disposé à passer l'éponge, pourtant.

Il a toujours connu Picasso prêt à tout. À changer en charpie le visage d'Olga, comme à *tuer* en peinture Marie-Thérèse Walter avant de l'écarter de sa vie – *un bon tableau devrait être hérissé de lames de rasoir*, aime-t-il répéter. Les traits respectifs de ses deux compagnes ont littéralement explosé sous ses pinceaux ; des morceaux de nez et de joues flottaient au milieu d'une soupe d'organes, victimes d'une cruauté que seul un Francis Bacon égalera – dans le masochisme. *Un cadavre coupé en morceaux retiré d'une malle à la consigne*, dira Cocteau de *La Chute d'Icare*, la fresque que Picasso peint en 1958 pour le siège parisien de l'Unesco.

La Malaguène ne sait pas admirer – *Admirer c'est s'annuler*, note Cocteau. Il craint qu'on ne prenne trop de place dans sa vie et d'avance s'en défend : *Tu ne comptes pas plus pour moi que cette poussière*, avait-il prévenu Françoise Gilot lors de sa première visite rue des Grands-Augustins. *S'il s'adoucissait au point d'être tendre avec moi,* ajoute-t-elle, *le lendemain il était encore plus mordant et cruel que de coutume. C'est ce qu'il appelait « la vie chère ».*

Picasso ne peint pas *pour c*eux qu'il aime, mais *contre* eux – tout contre, aurait dit Sacha Guitry : compagnes ou rejetons subissent un même traitement décapant. *Les enfants sont mis au monde pour nous manger*, écrit Cocteau. *Ils seront mangés à leur tour par des enfants qu'ils mettront au monde et ainsi de suite. Mais il est rare que la victime de ces ogres délicieux les dénonce par des portraits innombrables. Picasso sait se défendre*. Pauvre progéniture qui devine qu'elle passera toujours *après* son œuvre ! *Un enfant ce n'est pas difficile à faire. Il y en a tant qu'on veut dans les rues*, ricane Picasso. Résultat : le petit Claude préfère les toiles de Matisse – *un vrai peintre* – aux barbouillages de son père, et signe fièrement *Claude Matisse* ses lettres !

Les amis de Picasso disparaissent de ses pensées, à peine se sont-ils éloignés : autrui n'est plus pour lui qu'un miroir fané. *Tout ce qui ne lui servait plus ne comptait plus,* confirme Gilot en évoquant un homme qui se veut le premier en tout et qu'elle compare, face à ses proches, à un enfant mettant en pièces son réveille-matin et se voyant incapable de le remonter. *Aime intensément et tue ce qu'il aime*, avait décrété le graphologue à qui on avait soumis anonymement l'écriture de l'Andalou durant l'Occupation. Picasso ne sait vivre seul, en même temps, il dépend de la dévotion de son entourage – *un chef est un homme qui a besoin des autres*, dit Valéry. Il trouve l'énergie d'accumuler les toiles dans l'encens des dévots qui les changent en merveilles. Mais ces courtisans gâtent son goût – *La flatterie le fait devenir faux*, disait le graphologue de l'Occupation.

Redoutant d'être le premier d'entre eux, Cocteau dénonce soudain son insensibilité. *Cet inventeur de formes n'a pas le moindre sens de la poésie*, confie-t-il au peintre Mac-Avoy : sourd à toute espèce de musique savante, comme à toute métaphysique, Picasso tient quiconque a des idées pour son ennemi. *Il marche sur vos pieds*, ajoute Cocteau. *Il vous tire la langue. Il vous crache à la figure. Il frappe. Il viole. Il enlace*. Van Gogh fut le martyr de la peinture moderne, Picasso en est le César Borgia.

Aucune transcendance chez ce paysan qui reproche à Bonnard de ne jamais aller *au-delà de sa sensibilité*, juge désormais Cocteau. Nul état d'âme dans ses toiles, dont Cendrars a pu dire qu'elles portent un loup sur le visage. Pas de message subliminal non plus : des formes crues, des couleurs élémentaires, un mixte d'anarchie et de rage compensé par le besoin de tout récupérer. Une obstination à *vitrioler* la beauté que prolonge une rage à briser ses propres ménages par peur du calme « bourgeois » et crainte superstitieuse des dieux.

Cocteau en a pourtant connu, des monstres ! De Proust, qui pouvait transformer en chemins de croix les relations les plus confiantes et trouvait à la fin de sa vie plus d'intérêt à une paire de fauteuils qu'à ses amis, à Stravinsky, qui pouvait le trahir à l'instant avant de revenir « candidement » le solliciter. De Radiguet, qui l'avait fait sciemment souffrir avant de voler de ses propres ailes, à Genet, qui n'avait su lui offrir que son ingratitude. Mais jamais il n'avait vu une telle rage à humilier et à détruire. Le signe astral du Malaguène ? Scorpion, bien sûr.

Encore Proust aimait-il l'étouffer sous les compliments avant de l'accabler de reproches, lui qui avait grandi en attendant tout de sa mère. Mais Proust savait, en bon contemporain de Freud, qu'à trop rechercher autrui on précipite sa fuite. Picasso à l'inverse est le produit de deux guerres mondiales, d'une avant-garde brutale et de penseurs valorisant la cruauté, de Georges Bataille à Jacques Lacan. Détourner une des formules de ce dernier pourrait résumer sa relation à Cocteau : *L'amour, c'est ne pas donner ce qu'on a à quelqu'un qui en veut trop*.

Le poète n'ira pas jusqu'à le dire au peintre, il aurait eu trop peur de perdre sa place. Disons-le pour lui : il commence à douter de cette peinture pléthorique. Certes, Picasso donne parfois l'impression de se tenir derrière toute l'histoire de l'art, sinon d'être la main par laquelle les plus grands génies de l'Occident persistent à peindre dans le désordre. Mais il a cannibalisé tant d'esthétiques contradictoires que « Picasso » ne semble plus trop exister en soi. Si chaque matin Gilot doit lui rappeler qu'il est un génie pour lui donner la force de gagner son atelier, n'est-ce pas que le Malaguène doute ? Et s'il travaille à détruire chaque jour ce qu'il a esquissé la veille, n'est-ce pas qu'il cherche à se venger d'une vie qu'il n'a pas créée, d'un monde qu'il rêverait de signer, mais qui ne sera jamais de lui ? Misère de Picasso qui se plaint sans cesse de mener une vie insupportable !

C'est drôle qu'aucun jeune ne s'acharne à te tuer, s'étonne Cocteau. *J'ai pris les devants*, lui répond froidement Picasso.

L'écrivain se montre plus sévère encore, dans le secret de son journal. Picasso ne fait pas l'amour en peignant comme Matisse, y confesse-t-il, il se masturbe sur la toile. Il ne peint pas de portraits mais des caricatures, tout comme il n'écrit pas de lettres, mais gribouille des cartes avec son écriture en dents de scie aux airs de *vitre cassée*. Il n'exécute plus depuis longtemps une toile puis une autre, il les enchaîne. *Il existe rarement* [...] *un vrai tableau de Picasso, il existe des périodes peintes*, note-t-il.

Et si le Malaguène signait moins des tableaux que des *chèques* ? Et si le créateur fabuleux des années 1910-20-30 s'était métamorphosé en un courtier multipliant l'offre pour stimuler la demande ? Est-ce un hasard si, au terme d'une journée de tournage devant la caméra de Clouzot – c'était la première fois que Cocteau le voyait peindre en continu –, il l'a surpris à refuser un autographe pour la fille du directeur du studio puis à ramasser toutes ses esquisses, *sans exception*… Ou si, quand une délégation de notables de Malaga viendra lui demander en 1961 d'achever un pigeon esquissé par son père, Picasso ne leur enverra qu'une carte postale ?

L'âpreté avant tout…

Il voudrait tenir boutique Picasso peintre en tous genres, notait déjà Cocteau avant 1918. *On le verrait peindre. Il y aurait des toiles de 50 centimes à 50 mille francs – de la ressemblance garantie, des audaces neuves, des natures mortes et s'il le faut, du 18e siècle.* Un vrai marchand de couleurs…

Les courses que Picasso organise dans *ses* arènes de Vallauris ? Des *corridacococacola* destinées à ébahir sa cour.

Dans les romans policiers que Cocteau dévore, c'est toujours une toile de Picasso que le gangster achète quand il se range, jamais une édition originale de ses livres ! Et pourquoi ? Parce que Picasso est dénué de toute forme de *goût*, confie-t-il à son journal. Qu'il brosse des paysages méditerranéens pour les galeries cannoises, signe des singes en bronze pour des représentants de commerce, grave des femmes aux cuisses béantes pour exciter les vieux cochons. Tout comme son attrait pour la laideur – elle est aussi *voulue chez lui que le beau*, note Cocteau – le pousse à multiplier les pires tableaux, de *Massacres en Corée* (1951), pendant rabougri de *Guernica* – *la nullité agressive de cette peinture*, s'étouffe l'écrivain – à la décoration murale du siège de l'Unesco (1958). Mais comment oser la moindre réserve publique quand tant de conservateurs comparent cette dernière fresque au *Jugement dernier* de Michel-Ange ? Résultat : la terre entière en vient à ne plus comprendre la beauté. Et les écoliers new-yorkais reçoivent la fessée quand ils osent dessiner quoi que ce soit de *reconnaissable.*

Un abîme les sépare, se persuade Cocteau. Alors qu'il cherche à saisir l'âme de ses amis en les portraiturant, Picasso décape au vitriol tout ce qu'il figure, jusqu'à plonger dans l'urine son buste de Dora pour le patiner. Les Orphées en suspens qu'il esquisse évoquent des rêveurs éveillés ? Picasso montre ses propres Minotaures labourant des Crétoises passives. Il filme des anges remontant au ciel, Picasso peint des hallalis tauromachiques. Ce dernier garde les pieds sur terre et la terre n'est pas la patrie de Cocteau. *Tu ne connais pas la ville et tu tourniques dans les rues*, lui confirme Doudou, avec son intelligence candide : *Picasso a une carte. Il sait où il va.*

Autres motifs de frustration dans cette amitié irréciproque : plus Cocteau loue Picasso, moins il se voit loué et jamais l'Andalou ne lui parle en retour de ses toiles. Parce que cela le dérange qu'il peigne, après l'y avoir pourtant encouragé ? Alors que Matisse l'a appelé pour lui dire que sa toute dernière tapisserie était *splendide*, Picasso l'a délibérément passée sous silence. Parce qu'elle vient d'être acquise par le musée d'Antibes, lequel est *a priori* consacré au Malaguène ?

Seul Matisse existe encore, aux yeux de Picasso. Matisse, à qui Cocteau a précisément demandé conseil en matière de tapisserie – un détail qui n'a pu qu'agacer *El Rey*, à qui il a repris en même temps son procédé de transfert de pastels et de craies. Tout occupé à entretenir l'idée qu'on se fait de lui, Picasso est devenu *trop bête pour comprendre le génie des autres*, note-t-il. Le sentimental larmoyant de la période bleue s'est changé en un monstre d'égoïsme qui ne s'intéresse plus qu'aux matchs de catch qu'il suit à la télévision.

Ces horreurs, Cocteau ne peut évidemment les rendre publiques. Il les garde pour les pages de son *Passé défini*, qui ne sera publié qu'à partir de 1983, le journal d'un écrivain hanté par sa propre destinée. Mais il n'est plus loin de penser comme Georges Braque, l'ex-« épouse » des années cubistes : *Il était un grand artiste, il n'est plus qu'un génie*. Picasso, par certains aspects, n'est plus qu'une marque authentifiée par une signature. Et cela s'imite, une signature, comme le prouvent les innombrables faussaires qui profitent de sa manière simplifiée pour inonder le marché. Ne confie-t-il pas à Françoise Gilot le soin de copier *à l'identique* ses tableaux, quand il hésite sur le tour à leur donner, afin de pouvoir revenir en arrière au cas où son hypothèse ne fonctionnerait pas et en développer une autre, une troisième ou parfois même une quatrième – toutes étant susceptibles de donner d'authentiques « Picasso » ? Lui-même assure que, s'il *télégraphiait* le plan de ses toiles à New York, n'importe quel peintre en bâtiment pourrait l'exécuter convenablement.

Un peintre-galeriste habile à placer sa marchandise, un aboyeur aussi brutal que ceux qu'il introduisit de force dans leur *Parade* – voilà ce que Picasso est en passe de devenir pour Cocteau ! Et lui-même n'est pas loin de le penser aussi. N'est-il pas le premier à affirmer en riant : *Pires sont mes œuvres, plus les gens en veulent*, comme à traiter ses collectionneurs de masochistes ? *À partir d'un certain moment, on peut faire n'importe quoi*, confiait-il à Cocteau en pleine Occupation. *Les gens lui trouveront toujours un sens*. Picasso pourra même ajouter, en évoquant leur génération artistique : *Il n'y a pas de reine des abeilles, il y a une abeille quelconque qu'on nourrit pour qu'elle devienne plus grosse et plus importante que les autres*. Difficile de faire plus lucide…

Son mystère est qu'il n'en a pas, insiste Cocteau. Et c'est bien ce qui a permis à Picasso de *buvarder* la plupart des grands maîtres. Ou ce qui le pousse à se représenter sous la forme d'un singe installé devant un chevalet ou d'un vieux clown barbouillé de couleurs. *On devrait faire une exposition des peintres qui furent mangés par Picasso dans le cirque*, ajoute Cocteau. *Sans doute serait-ce prétexte à canoniser quelques martyrs*. En se rendant la dernière fois à Vallauris, lui-même avait cru surprendre sur une pile un dessin de lui – c'était bien un dessin de Picasso, mais à sa manière à *lui*.

Il en aurait été flatté autrefois, aujourd'hui il en souffre. *Picasso empoche tout ce qu'il lui plaît, étrusque ou moderne*, note-t-il, *et cette mainmise est si puissante qu'il serait ridicule de se plaindre*. N'aime-t-il pas répondre, quand on se demande ce qui relie ses périodes rose et bleue, son cubisme et sa maturité : *Dieu… a inventé la girafe, l'éléphant, le chat. Est-ce que Dieu a un style ?* Plus injuste, c'est lui, Jean Cocteau, qu'on compare à ce caméléon s'épuisant à survivre dans un plaid écossais qu'il évoquait dans son *Potomak* un demi-siècle plus tôt – une accusation ignoble ! Lui dont Proust enviait la facilité et le naturel, quand il n'avait pas vingt ans, et qui n'a jamais douté de sa propre originalité…

On ricane quand Jean Marais imite ses faunes sculptés, mais que font les compagnes de Picasso quand elles peignent, de Dora Maar à Françoise Gilot, sinon du Picasso ?

Le dépit tourne à la blessure, dans le for intérieur de l'écrivain. C'est Picasso l'Arlequin et Picasso le clown, qui se déguise pour cacher son vide – *Un vieux Grock dont l'heure de gloire était révolue*, dira John Richardson. C'est Picasso l'auguste aimant être photographié travesti en femme ou en cow-boy – des exhibitions qui mettent mal à l'aise et *démoralisent* même *les chiens*, précise Cocteau. *Ce vieux marcheur misogyne, envisageant les problèmes sexuels sans la moindre nuance et courant après les jupons par conformisme, se déguise en femme pour (comme dans ses toiles) ridiculiser le sexe féminin qui l'encombre et se venger de n'avoir jamais osé s'avouer la pente qui le porte vers le sexe masculin*, confie-t-il à son journal. Un homo honteux déguisé en *Don-Juan-les-Pins*, une pédale acculée par le machisme andalou à une normalité agressive – le contraire de Cocteau, qui se comporte en gentilhomme envers les femmes, sa cuisinière la première, laquelle a déclaré à une journaliste : *Monsieur Cocteau ? C'est le Bon Dieu... En mieux.*

Il n'y a peut-être rien, derrière *Le Mystère Picasso* que la caméra de Clouzot a tenté de saisir en 1956. Rien qu'un homme se plaignant d'avoir *la gale à l'âme et* dont le *moto* lancinant est *Todo es nada* – un damné accumulant les toiles pour *ne pas se pendre*, comme il le confesse parfois. Comment Picasso a-t-il pu même accepter de se répandre dans ce film dégradant qui prétend révéler les secrets de fabrique que Cocteau n'a jamais réussi à percer, en quarante ans d'amitié ? *Aurait-il perdu toute pudeur, ou la crainte de mon œil ?* s'étrangle l'écrivain.

Ce monstre prêt à tout détruire pour rivaliser avec l'authentique Créateur, ce désespéré qui ricane à la seule évocation du pigeon paternel dont Aragon a fait la colombe de la paix – un volatile si cruel *qu'il peut crever les yeux d'un rival*, glousse-t-il – n'est-il pas l'image du diable ? Qui d'autre que *le mage noir*, comme Leiris appelle Picasso, a pu faire de Cocteau un bossu portant la poisse et déclarer : *Chaque fois que je change de femme, je devrais brûler la précédente* ? Satan n'aurait pas dit mieux. *Elle n'est pas affreuse, elle est empicassée*, rétorqua Colette à un spectateur indigné par un portrait de femme de Picasso. *Empicassé*, le mot même dont les paysans bretons usent pour désigner une vache à qui leurs voisins *ont jeté un sort*.

Acmé de cette révolution de palais, Cocteau décrète que le vrai génie du siècle, c'est lui-même. Lui seul sait dessiner comme les maîtres d'autrefois, lui seul sait donner grâce à ses céramiques et vie à ses tableaux. Il est un artiste plus *vrai* que le Malaguène, cet ennemi du beau véritable, toujours impatient de casser de la porcelaine à près de soixante-quinze ans. Il a inspiré plus de jeunes que ce roi d'une époque sans cœur qui lui a emprunté *ses meilleures inventions graphiques*, comme il le confie à James Lord. Personne ne le vaut dans ce siècle, pas même ce vieux caméléon de Stravinsky qui vient de se rallier à la musique sérielle. Les fresques qu'il a réalisées pour la villa Santo-Sospir sont aussi belles que celles de Knossos, on le saura quand elles tomberont à leur tour en ruine, tout comme sa chapelle de Villefranche vaudra un jour les plus belles églises de la Renaissance. La tapisserie qu'il a vendue au musée d'Antibes tue *toutes* les œuvres du Malaguène qui s'y trouvent. Après avoir jeté à terre son idole et s'être assis sur son trône vide, l'enfant humilié se retrouve l'artiste total que le XXe siècle attendait. *Un jour la gloire de Picasso sera incompréhensible, et pas plus divine que le squelette d'une espèce éteinte d'oiseau de proie*, put confier Dora Maar à James Lord : Cocteau n'est plus loin de le penser aussi.

Après quelques semaines de ce règne incontesté, le doute le reprend. Qui va oser crier avec lui : *Le roi est nu*, sinon les vieux critiques académiques qui tentent de relancer en marche arrière la peinture ? Picasso ne va évidemment plus changer, à son âge. Il persistera à être ce vieil enfant aimant couper les guêpes en deux pour comprendre comment elles volent – *Je me sens le même qu'à quatorze ans !* confie-t-il à Kahnweiler. Il continuera à peindre et sculpter sans trop réfléchir au pourquoi du comment, comme il s'entête à parler *de la Andalousie* après un demi-siècle passé en France. Et les journalistes l'assailliront encore de demandes d'interviews tandis que les foules viendront toujours plus nombreuses le voir, comme elles visitent la tour Eiffel ou le Taj Mahal, sans savoir qu'en penser.

Il est ce qu'on aurait appelé un abîme, un chaos, écrivait trente ans plus tôt Max Jacob à Cocteau, avant d'ajouter : *Picasso n'est pas, il se fait, comme Vico a dit de Dieu.* Un diable ? sans doute. Mais comme Cocteau aime à le dire, *sans le diable, Dieu n'aurait jamais atteint le grand public.*

Peut-être Picasso s'est-il agacé de voir les journalistes, avec leur inculture rayonnante, écrire partout que *Cocteau a découvert Picasso en lui confiant les décors de* Parade. À moins qu'un tiers (James Lord ? John Richardson ?) ait répété au peintre des phrases plus ou moins aimables qu'il aurait pu avoir à son sujet – il pouvait avoir la dent dure, lui aussi.

Cocteau ravale cette fois encore sa rancune. Quelle mesure de rétorsion pourrait-il prendre contre Picasso, hormis la menace de ne plus venir le voir, qui le laisserait sans doute de marbre ? Que gagnerait-il à se brouiller, sinon un peu plus d'amertume ? Sa résignation à l'implacable mécanisme de leur relation fait écho à l'*Éternel Retour* théorisé par Nietzsche, dont la lecture le console.

Cocteau ne sait pas rompre, quoi qu'il en soit. Marais, le courage même, est le premier à lui reprocher d'ouvrir grand ses bras à ceux qui l'ont blessé, alors que lui-même leur bat froid par solidarité : le poète est toujours à trouver des excuses à ceux qui l'insultent, quitte à leur donner raison. Tout comme, rencontrant des journalistes dans l'espoir de corriger l'image qu'ils ont de lui, il la renforce à trop vouloir les convaincre qu'il est *autre* qu'ils ne l'imaginent.

Conforté par l'affection de Doudou, les encouragements de Francine et l'estime de Françoise Gilot, qui en a fait son allié dans la partie d'échecs qu'elle mène contre le peintre, le poète-lauréat reprend contact avec Vallauris. Et après les tractations de rigueur, Picasso accepte de recevoir cet ami increvable qu'il a crevé dix fois, mais qui lui revient toujours. Tout en exprimant en secret sa reconnaissance envers sa *chère merveilleuse*, comme il appelle Françoise Gilot, laquelle fait tout pour lui épargner l'agressivité de son vieil ami, Cocteau recommence à tisser les fils d'une relation qui lui doit tant. Fier d'avoir surmonté sa rancune et d'avoir survécu à cette énième tentative d'*assassinat moral*, il retrouve un sentiment d'invincibilité en voyant Picasso le serrer à nouveau dans ses bras. *Je me suis toujours demandé si ces crises de tendresse de Picasso étaient sa véritable nature qui se montre par surprise ou (comme le croyait Matisse) un acte de remords, le besoin de réparer une chose dite ou faite contre l'amitié,* note Cocteau. Il penche pour la première hypothèse : l'affection de Picasso est tout juste nourrie d'insultes, trait propre à ces Espagnols qui maudissent les saints étrangers à leur paroisse pour mieux leur demander pardon.

Qui sait d'ailleurs ce que ressent Picasso, cette énigme guère plus douée pour le bonheur que lui, au dire de Gilot… Miné par l'insatisfaction et le doute, Picasso tend avec l'âge à trouver tout absurde et vain. *Son pire ennemi,* précise Cocteau, dont le peintre partage le besoin de savoir si l'on aime *vraiment* son travail, de peur que son succès n'aveugle. Picasso, qui se méfie chaque jour un peu plus de l'admiration dont on l'entoure, et maudit la gloire qui l'a transformé en bête de cirque. Que Gilot retrouve parfois en larmes, incapable d'expliquer ce qui ne va pas, ayant tout juste la force de murmurer *La vie est horrible.* Lui qui souffre depuis des années d'un ulcère mais n'en dit jamais rien, par un mélange de superstition et de stoïcisme, estimant les sentiments bons pour les mauvais peintres. Prêt à tout pour cacher les siens, Picasso en vient à dire qu'il n'attache aucune importance à la vie tout en fuyant comme la peste la mort, comme au décès d'Éluard, auquel il parut *totalement insensible.*

Aimer Picasso, c'est accepter ainsi d'être un jour son complément flatteur, le lendemain, sa victime – *Il t'aime et il te déteste,* assure à Cocteau Françoise Gilot.

Il te veut et il te redoute. C'est savoir, comme Picasso l'avoua quand Max Jacob lui demanda pourquoi il était si gentil avec des gens qui ne comptaient pas pour lui, que sa bonté n'est qu'une manifestation de son indifférence. Si le peintre met sans cesse ses amis à l'épreuve c'est qu'il les veut parfaits et s'assure par ce biais que leurs liens sont *aussi solides qu'ils doivent l'être.*

Ce perfectionnisme, Picasso l'exige aussi de lui-même. Cocteau en est conscient, lui qui l'a surpris lors de la projection du film de Clouzot criant à son double peignant : *Il se trompe*, puis, à l'image suivante : *Non il corrige ! Il a raison*, se blâmant et s'applaudissant à tour de rôle. L'homme qui ne vit que pour son art est un pauvre esclave qui confiait à Max Jacob, un demi-siècle plus tôt : *Je ne caresse jamais un chien de la main gauche car s'il me mordait, j'aurais toujours la main droite pour peindre.* Un prisonnier dessinant au couteau sur les murs de sa geôle, avec son sang et ses ongles à défaut, avant de fabriquer des limes pour scier ses barreaux. En demandant à ses proches de se sacrifier à son œuvre, Picasso ne fait que leur appliquer le traitement qu'il s'inflige.

Un être impossible à résumer, pour finir, pas même à sa férocité. L'esprit le plus fécond et le plus destructeur qui soit, capable aussi d'emplir ses maisons de génie et de courage. *Sans doute Genet a-t-il raison de dire que Picasso est un grand poète désespéré (un vrai, qui ne le montre pas) et est-ce la base de l'immense faveur dont il jouit* [...], note Cocteau dans son journal. *Seul un désespéré lutte à ce point contre le désespoir. Seul un désespéré pousse aussi loin le nihilisme actif.* L'exceptionnelle réussite de Picasso a beau faire paraître son drame confortable, il reste entier.

Et après avoir tué Picasso dans le secret de son journal – ni cadavre ni empreintes, le crime était parfait – Cocteau le ressuscite dans toute sa grandeur. Il loue à nouveau le génie de la destruction et de la renaissance, de la récupération et du détournement, avec l'allégresse du justicier réparant un tort abominable. Picasso recommence à puiser dans cet incroyable trésor d'intelligence et de flatteries, jusqu'à retrouver sa vieille affection pour son *souffre-douleur préféré.* Il va de nouveau disant que seul Cocteau est capable, après avoir observé pendant une heure son *Guerre et Paix*, de le reproduire sans faute et *à distance*. Et l'idylle renaît, aussi vive et ambiguë qu'au premier jour.

Je suis la seule personne pour qui Picasso éprouve une sorte d'amitié passionnée, conclut Cocteau : *c'est même à cause de cela qu'il se conduit si souvent avec moi d'une façon indigne*. Picasso pourra de nouveau assassiner l'une de ses toiles, lui jeter aussi bien, au détour d'une phrase : *Tu peins mieux que je n'écris*, il le sait et l'accepte. Un jour magnifique et drôle, féroce et sordide le lendemain, ainsi qu'il l'a toujours connu.

Pourquoi n'attaques-tu jamais Picasso ? lui demandait déjà Stravinsky dans les années 1920. *Parce que j'aime sa cruauté*, lui avait-il répondu.

Il aura été servi.

Du mimétisme

Usée par dix ans de vie conjugale, Françoise Gilot part à la fin 1953 en emmenant les enfants. Picasso, dont pas même une boîte d'allumettes ne doit quitter l'atelier, mord la poussière. Lui qui n'a jamais été abandonné exige de la galerie Louise Leiris qu'elle rompe tout contrat avec la « traîtresse » puis menace de saisir la justice – il en fera autant, sans succès cette fois, quand elle publiera le récit de leur vie commune. La femme-fleur cent fois peinte est menacée de finir en paria artistique : Cocteau est le seul de leurs amis, avec Braque et Giacometti, à entendre sa version et à l'assurer de son amitié – un geste de *noblesse néo-chrétienne* qui aurait pu lui être fatal, selon ses propres termes, mais sur lequel Picasso va passer l'éponge.

Après huit ans il laisse tomber une femme jeune, belle, charmante..., note Cocteau dans son journal. *Picasso, outre qu'il n'aime et ne respecte personne, croit être fidèle à un style de destruction en brisant le bonheur de ses familles successives...* À la même Françoise Gilot,

Cocteau précise : *Au fond il vous adorait mais il s'en voulait de vous adorer. Il se trompait avec vous.* Elle-même confirme : *Il ne se défendait pas contre moi, mais contre l'effet que je produisais sur lui.* Prenant la mesure des ravages qu'il provoque, Picasso confie à Cocteau : *Mon existence est un désastre.* Il va jusqu'à décrocher son téléphone pour le convier chez lui quand il a vent que Françoise doit se rendre à Santo-Sospir, en misant sur son intercession pour la raisonner.

En le voyant s'acharner en peinture contre le visage de Françoise Gilot, Cocteau se rappelle combien le Malaguène, *a contrario*, se montrait respectueux envers la beauté de Marais. *La femme qui est en Picasso aime mieux les hommes que l'homme qui est en Picasso n'aime les femmes*, note-t-il. *Picasso ne couche pas avec les hommes, voilà tout – mais il est évident qu'il les préfère aux femmes et que les malheureuses avec lesquelles il se met en ménage doivent payer, les unes après les autres, cette secrète préférence.* Si le poète-lauréat a pu être réélu après vingt-sept ans d'interruption, aucune des compagnes de Picasso n'a joui d'un tel privilège, même quand elles persistaient à vouloir survivre dans son orbite. Il est vrai qu'elles finissent toutes par souffrir du temps dévorant que Picasso consacre à son œuvre, alors que rien ne peut réduire l'ardeur de Cocteau à louer le créateur qu'il tient pour *la* rencontre de sa vie – il aura bien moins célébré Proust, en comparaison.

La colère de Picasso va trouver un exutoire en la personne de Jacqueline Roque, une jeune femme travaillant comme vendeuse chez les Ramié, ses potiers de Vallauris. Elle a vingt-sept ans, il en a quarante-cinq de plus. Elle est d'une beauté charbonneuse, presque ibérique, et son admiration pour le maître est totale. Il ne faudra que quelques semaines à ses grands yeux de biche pour envahir les toiles qu'elle lui inspire. Après des décennies d'approbation aveugle, l'entourage parisien de Picasso renâcle. Il juge la vendeuse indigne de Dora Maar ou de Françoise Gilot, ces femmes remarquables d'intelligence. Cocteau est l'un des rares à faire bon accueil à la nouvelle élue, laquelle se rend à son tour indispensable en organisant la vie domestique de celui qu'elle appelle sans ironie *Monseigneur*, quand ce n'est pas *le Soleil*. Traitée sur un pied d'égalité par Cocteau, Jacqueline s'arrange en retour pour faciliter ses rencontres avec le *Maître* : le poète-lauréat a une nouvelle fois sauvé sa place.

Son élection plus qu'aisée à l'Académie française, en 1955, achève de redonner confiance à Cocteau. Heureux de pouvoir offrir à Picasso une preuve publique de sa gloire, il expédie à Vallauris des esquisses commentées de l'épée d'académicien que Picasso se *doit* de lui dessiner. Auréolé de vert, Cocteau retrouve les accents impérieux des préparatifs de *Parade*, quand l'étoile montante des lettres françaises dirigeait les premiers pas dramatiques de l'Espagnol. Mais ce dernier remet les choses à leur place en lui adressant, pour la garde de son épée, des esquisses à la Arcimboldo associant un coq et un Arlequin, mais aussi des projets bouffes mêlant une petite cuillère, un croissant, un couteau beurré et une tasse de café – *Épée pour le petit-déjeuner* – qu'il compte faire fondre en or par son dentiste de Vallauris : *Si un homme sculpte une dent, aucune raison pour qu'il ne puisse pas exécuter n'importe quel travail.* Ces esquisses ricanantes amusent Cocteau mais le déçoivent aussi, en suggérant qu'il faut plus qu'une épée pour acquérir l'Immortalité : d'accord pour être adulé, Picasso ne l'est plus pour lui dérouler le tapis rouge. *C'est parce qu'il se présentait depuis cent ans*, explique-t-il à un proche s'étonnant que Cocteau ait été élu sans même faire antichambre. Si la relation s'est bien réchauffée, comme James Lord le note, Picasso règle toujours la température.

Sanglé dans son habit vert qui lui fait une taille de guêpe, le nouvel académicien se présentera sous la Coupole avec l'épée constellée d'une lyre, d'une étoile, d'un profil d'Orphée qu'il a lui-même dessinée, où brille une émeraude offerte par Coco Chanel. Refusant de se déplacer, Picasso délègue pour l'occasion Paulo, le fils d'Olga, un hommage ambigu là encore, ce quasi-quadragénaire n'ayant su devenir que le chauffeur payé à la semaine de son père. À peine élu, Cocteau prend bien soin de préciser lors d'un dîner : *En tant qu'académicien, j'ai le pas sur tout le monde, à l'exception d'un cardinal et bien sûr, de Picasso.* Et après avoir suivi à la radio le discours de réception de Cocteau et l'avoir fait rougir avec son *C'était vraiment très bien*, Picasso reprend son dialogue avec les *authentiques* Immortels, ces Vélasquez et ces Rembrandt dont il revisite les dernières œuvres pour mieux s'inscrire dans leur sillage.

Cocteau ne tarde pas à donner implicitement raison à Picasso : ces barbons qui ne savent rien de son œuvre le font se sentir un intrus Quai Conti. Après avoir assisté à quelques séances académiques, il range son bicorne et ressort la casquette de marin d'eau douce qui l'attend villa Santo-Sospir, comme si rien n'arrivait vraiment à le fixer. Et il retrouve les mêmes sentiments de doute en écrivant qu'avant son élection à l'Académie et parfois de dégoût devant sa compulsion à noircir du papier.

S'il se sent bien, c'est au milieu des Gitans de Nîmes, d'Arles ou des Saintes-Maries-de-la-Mer. Il aime autant que Picasso les entendre jouer et danser jusqu'à la transe. Leur musique en rafale est la seule à pouvoir émouvoir le Malaguène, avec les stridences de leurs cordes et les agaceries de leurs castagnettes. En entendant rouler dans leurs mains *ces petites têtes de mort claquant des dents* dont parle Cocteau, ils se retrouvent projetés entre Malaga et Séville, ces villes andalouses qui inspireront les poèmes du *Cérémonial espagnol du Phénix*, que Cocteau publie en 1961. Les guitares de Manitas de Plata leur semblent esquisser des sculptures sonores : ils pourraient toucher sa musique du doigt.

On naît jeune ou on naît vieux, aime à dire Cocteau. Incapables de se plier à la moindre autorité, les Gitans sont nés jeunes, comme lui – Picasso a mis plus de temps à le devenir. Brûlant par les deux bouts la vie, ils trahissent le même mélange de superstition, de foi et d'athéisme moral qu'eux-mêmes dans leur travail. Leur énergie électrise ces deux seniors décidés à rester à la pointe de leur art à l'âge où beaucoup savourent une retraite bien méritée – Picasso est un chêne vert de soixante-quatorze ans, Cocteau, un jeune homme de trois fois vingt-deux ans. Les femmes des Saintes-Maries n'ont qu'à frapper le sol en rythme, comme si elles tentaient d'éteindre un feu avec *des talons imbibés d'essence*, pour que Cocteau ait envie de rejoindre cette mystérieuse lutte *contre l'ange de l'épilepsie* et que Picasso esquisse à son tour des pas de danse. Entre ce peuple itinérant et de Gaulle, l'ultime demi-dieu politique pour Cocteau, il n'y a plus personne en France ; seuls le grand Charles d'un côté, et ce peuple de princes mendiants de l'autre, sauvent ce monde abruti par les bavardages de la radio et de la télévision.

Francine Weisweiller ayant offert à Jacqueline de l'aider à recevoir, Cocteau et elle sont de plus en plus souvent conviés à la villa La Californie, que les Picasso ont aménagée en 1955 sur les hauteurs de Cannes. Jacqueline se livre sans réticence au poète, qui se révèle encore une fois précieux pour l'aider à panser les blessures que le taureau lui inflige. Lui-même reçoit des preuves exubérantes d'affection de l'ex-vendeuse et parfois de Picasso, que le passage du temps, la raréfaction de ses amis et la peur de la mort concourent à rendre émotif. *Au fond, Jean, c'est le seul !* s'exclame-t-il après avoir surpris Jacqueline à écouter le disque où Cocteau dit *L'Ange Heurtebise* et avoir cru que ce dernier était présent chez eux. *Du reste il sait tout, comprend tout, il est le seul… qui puisse tout faire*, précise le Malaguène, avant d'ajouter : *Je n'ai pas de vrais amis, je n'ai que des amants.* Un aveu qui trouble Cocteau, lequel voit le vieux peintre s'inquiéter mortellement quand il arrive en retard à leur rendez-vous – la bonne influence de Jacqueline, veut-il croire. De fait, la vivacité et la drôlerie de *Banderillero* restent le meilleur remède contre le *taedium vitae* d'un peintre qui le harcèle de *Tu l'aimes vraiment ?* devant les toiles qu'il lui montre, avant de se remettre à travailler jusqu'à trois heures du matin : *il faut protéger les forts*, disait Nietzsche…

Le temps ne semble pas avoir prise sur Picasso, à l'étonnement de Cocteau. *Plus on a de bougies moins on a de souffle, avec Picasso les bougies diminuent, le souffle augmente*, écrit-il pour célébrer son soixante-quinzième anniversaire. Ce Phénix prend un tel plaisir à fêter l'événement qu'il lui fait penser à un communiant à qui l'on aurait offert sa première bicyclette. *Je voudrais vous le décrire*, ajoute Cocteau dans le *Témoignage* qu'il publie en 1956. *Il est très petit, avec des pieds et des mains charmants, des yeux terribles dont les vrilles s'enfoncent à l'extérieur et à l'intérieur* […] *Ses paroles à l'emporte-pièce dépassent souvent ce qu'il veut dire. Or, il est rare qu'en y réfléchissant le lendemain on n'en prenne pas leçon et que sa clairvoyance pleine de grâce et de dureté ne nous dicte notre attitude.*

Les conseils de Picasso sont si pertinents que Cocteau a l'illusion de travailler *en osmose* avec lui, en peignant la salle des mariages de Menton avec le gros pinceau qu'il lui a offert ou en usant du *gemmail*, un matériau qu'il lui a fait découvrir. Tel Flaubert rêvant d'un pupitre à deux places pour échapper à la solitude de son gueuloir, Cocteau assouvit à distance des rêves de *conjugo* créatif qui traversent aussi Picasso : *Nous devrions travailler ensemble*, lui souffle ce dernier en le voyant étudier la composition d'un de ses pastels. Picasso haïssant la solitude autant que la compagnie imposée, Cocteau se remet à rêver d'une œuvre à quatre mains.

Il garde une étrange aptitude au mimétisme, à près de soixante-dix ans. Il reste capable d'envoyer à Picasso des dessins à la manière picassienne signés « Jean*1956/ Picasso », comme de recopier toutes les œuvres reproduites dans le catalogue de l'exposition Picasso organisée par la galerie Louise Leiris. Christian Zervos s'y laisse si bien prendre qu'il intègre à son catalogue raisonné de l'œuvre du Malaguène des dessins de Cocteau. L'enfant imitant son père survit en ce dernier avec une candeur déroutante, ses poèmes aussi s'en ressentent : *Ta* Corrida [du premier Mai] *c'est du Picasso*, lui écrit à peu de temps de là Morand. Comme s'il cherchait encore à s'approprier le mécanisme créateur de son vieil ami afin de l'égaler. Mais Picasso n'a aucune envie de partager son génie, sa gloire ou sa fortune : il doit rester le meilleur s'il veut entrer dans la mort avec un nom apte à lui survivre pour des siècles. Il est assez rusé aussi pour savoir que Cocteau, ce bon Samaritain toujours prêt à l'encenser, se double d'un Prométhée impatient de lui ravir son feu central pour le surpasser. Un coup de griffe suffira à remettre les choses en place : *Tu vois ! Il m'a toujours imité*, dit-il à une amie dont Cocteau vient d'illustrer le dernier recueil de poèmes. Telle la chouette, dont les yeux se changent la nuit en immenses ocelles pour terroriser quiconque l'approche, mais qui n'a guère d'autres armes pour se défendre, le poète se *picassise* afin de pouvoir rivaliser. Mais il faut trois acteurs pour que le mimétisme animal opère : le modèle, le mime et la dupe. Et de dupes, Cocteau n'en fait plus quand son trait s'inspire trop de celui de Picasso.

C'est plus fort que lui, il doit saisir *ce je ne sais quoi* qui permet à son vieil ami de triompher de tout. Il ne peut toujours pas s'empêcher, devant une personnalité excessive, de s'imprégner de ses gestes pour capter son aura. Retrouvant Dalí devant l'objectif des photographes, il serre entre son nez et ses lèvres de fausses moustaches daliniennes, elles-mêmes inspirées des souverains portraiturés par Vélasquez. Mais le peintre, qui gomine les siennes au miel d'acacia et au sperme de crapaud, n'est plus trop capable d'entretenir une relation humaine. Cocteau n'a d'autre issue que de le laisser à sa fâcheuse tendance à parler de lui, las de ce vrai fou *qui fait semblant de l'être*, comme le dit perfidement Picasso, mécontent de voir *son* poète-lauréat s'intéresser à un autre peintre.

À cette faculté d'altération, Cocteau donne une justification troublante : *Je ne saurais vivre sans échanges – mais je ne réclame pas qu'on me donne grand-chose. Le principal est que je donne tout et qu'on me tende la perche. Je l'empoigne et me voilà quittant ma peau comme un costume incommode.* Il précisera, toujours dans son journal : *Des critiques superficiels ont souvent pris pour une imitation volontaire une faculté de mimétisme que je possède et qui vient d'une sorte d'anéantissement du moi en face de ce qui m'intéresse. Je le deviens en quelque sorte. Et cela jusqu'à jouer le rôle d'anesthésique dans la douleur… Mais il est rare que je ne prenne point garde au seuil d'un vrai travail.* De fait, c'est son propre univers que Cocteau sert. Il a pu signer des poèmes verlainiens, un film surréalisant et une pièce sartrienne, on le reconnaît dans tous ses vers et au moindre de ses plans : allant de branche en branche, mais *dans le même arbre*, aime-t-il à dire.

Quelque chose n'a toujours pas « pris » en lui, néanmoins. Il reste une somme vertigineuse de virtualités qui peinent à s'incarner durablement. Certaines de ses œuvres répondent à des esthétiques si contraires – *Le Sang d'un poète* et *Les Parents terribles* au cinéma – qu'on craindrait de provoquer un court-circuit en les juxtaposant : éparse et multiforme, son œuvre évoque ces objets *difficiles à ramasser* des catalogues de la Manufacture de Saint-Étienne. Et ces variations réveillent le soupçon qui le poursuit depuis toujours. *À soixante ans, Cocteau ne sait toujours pas s'il doit versifier comme Anna de Noailles ou comme Max Jacob ; s'il faut peindre comme Ingres ou comme Picasso ; imiter Racine ou Porto-Riche*, notait Malraux au début de la décennie.

Être exclusivement lui-même l'a toujours angoissé. Plutôt que de rester seul derrière les barreaux de sa personnalité, il préfère s'évader en pensée, s'unir à un Autre pour se métamorphoser. Mais ce printemps permanent le fragilise aussi. *À chaque œuvre nouvelle j'ai dix-sept ans et je m'agenouille pour tâcher de convaincre le directeur, l'éditeur, le metteur en scène. Je ne constate plus ma force, une fois l'œuvre écrite. Je constate celle des autres.* Il se retrouve hébété et vide, comme s'il vivait d'une vie d'ombre ou d'emprunt. Il en vient à croire que si les gens l'évitent, c'est par crainte d'être victimes de son vampirisme naturel. *Ils devinent que j'ai besoin de leur réalité pour m'en fabriquer une*, note-t-il avec une lucidité poignante.

En croisant à la même époque Cocteau, avec ses mains si fines, sa chevelure bouclée et grisonnante, Elias Canetti a l'impression d'un être translucide… *Un homme tissé de nerfs et de fils d'argent*, ajoute l'auteur de *Masse et puissance*, à l'image de l'autoportrait en débourre-pipe que Cocteau « sculpta » dans les années 1920. *Longtemps j'ai cru que vous n'aviez jamais existé*, lui confirme une admiratrice. *Je vous imaginais volontiers démuni de pesanteur, comme une succession de phénomènes laissant des traces sur le papier, une suite d'apparitions…* Comme si, à force de convoquer dans ses écrits le spectre d'un père qu'il avait su faire oublier à sa mère, il était devenu à son tour une âme sanglante errant dans la nuit. *Un jour où je le plaignais*, écrit Emmanuel Berl, *il me dit :* Tu sais, j'ai l'habitude, jamais je ne me suis senti bien dans ma peau, *avec tant de simplicité et de grâce que cette phrase me transperça.*

Sans doute Cocteau a-t-il trop tendance, depuis qu'il a tiré un trait sur le sexe, à s'accorder la grâce des anges. Or la puissance est requise en art encore plus qu'ailleurs. *C'est presque toujours dans des avantages sexuels qu'il faut chercher la force mystérieuse des poètes*, écrit-il lui-même à propos de Pouchkine. Il aurait pu en dire autant de Picasso, dont l'énergie érotique nourrit encore la fougue créatrice.

Les costumes, bijoux et décors qu'il a produits par milliers auraient-ils jeté un doute sur la profondeur de son engagement ? Picasso s'est démultiplié tout autant, sans jamais perdre de son crédit. Mais lui se métamorphose pour mettre mal à l'aise le spectateur et lui imposer sa liberté, alors que Cocteau mue pour reconquérir un public qui a paru douter de sa dernière manifestation publique. Tous deux accumulent toiles, dessins, poteries, tapisseries, décors et mosaïques, mais Picasso s'y retrouve, alors que sa surabondance oppresse Cocteau quand il découvre les manuscrits qui encombrent ses caves.

On s'est vite fait de lui une image de brio teinté de vacuité, et cette tunique de Nessus lui brûle la peau : Cocteau, ce *bonimenteur qui émerveillait tellement qu'on ne se sentait plus tenu d'entrer dans la baraque*, dit Emmanuel Berl, son voisin au Palais-Royal. On lui retire le crédit que ses dons envahissants devraient lui conférer, jusque dans les rangs de ses admirateurs. *Je vous refuse le génie que je trouve dans vos œuvres*, lui écrit en 1961 un jeune Anglais d'Oxford. Son sentiment d'étrangeté tourne alors au complexe de persécution. Lui qui se vivait comme un jeune dieu vers 1910 se voit un demi-siècle plus tard en vieille gloire contaminée. Il s'imagine le plus grand inconnu de son temps et pense à en finir, comme l'a fait son père lorsqu'il avait huit ans – *l'idée de suicide se lègue en tant qu'acte et sans les raisons qui le motivent*, note-t-il justement.

Quelque chose l'empêche d'être définitivement lui-même et cette chose est si profonde qu'il est le premier à comprendre qu'on le rejette. *Je te demande pardon de mon caractère*, pouvait-il écrire à sa mère : un peu de cette déploration passe dans son attitude face à Picasso. Serait-ce pourquoi il n'a toujours pas de vraie cote comme dessinateur, peintre, auteur de fresques ou de tapisseries, alors que Picasso remplit d'or ses coffres ? *Ils me veulent à tout prix*, résume-t-il en parlant de ses commanditaires. *Comme ils ne peuvent pas payer mon prix, je donne. Du coup, lorsque je livre la marchandise, ils n'en veulent plus. Elle a perdu la valeur qui venait de leur poche.*

Jamais il n'a eu les moyens de s'acheter une toile de Picasso, alors qu'il se *ruinerait* pour acquérir la nature morte rouge au bouquet qui lui saute aux yeux à La Californie – *comme si Matisse était devenu fou*. Jamais Picasso n'a d'ailleurs eu l'idée de lui en donner une, comme il l'a si souvent fait avec Éluard. Il est vrai que Cocteau ne lui a presque plus jamais rien demandé après *Parade*, tandis que lui-même peut offrir au premier venu ses trésors. Terme logique de la vie de cette cigale, l'un des portraits que Modigliani a faits de Cocteau en 1916 réapparaît alors aux États-Unis. Alors que l'Italien ivre voulait le lui offrir, Cocteau avait insisté pour le payer avant de le laisser dans l'atelier de Kisling, faute d'avoir encore les moyens d'appeler un fiacre, puis de repartir pour le front. Lui-même endetté, Kisling l'avait déposé en gage chez le directeur de la Rotonde, qui l'avait accroché au-dessus des banquettes de la brasserie avant de le vendre à son tour : ce portrait vaut désormais deux cent cinquante millions, et Cocteau n'a toujours pas un sou.

Cette dévalorisation semble frapper tous les aspects de sa vie. Quand il était revenu à Dieu après la mort de Radiguet, tout le monde s'était moqué de lui ; quand Stravinsky était retourné à son tour à la religion et à la Sainte Russie, chacun s'était incliné ; et quand Picasso avait choisi d'adhérer au Parti communiste, au sortir de l'Occupation, tous avaient respecté son engagement… Seul à n'avoir pas reçu d'enseignement officiel en matière d'art, au contraire du peintre et du musicien, Cocteau reste paradoxalement le seul à qui l'on conteste son modernisme, ses engagements et son génie.

Lui qui avait tant d'aisance, en prose et en rimes, se retrouve intimidé par la page blanche, les années passant. Il reste capable de dessiner de mémoire un visage d'autrefois, mais il prend peur quand il s'agit de capter de nouveaux traits et ne retrouve plus ses dons. Comme s'il doutait de l'utilité d'ajouter encore un dessin ou un écrit aux milliers qu'il a déjà publiés. *Ma nuit se dépeuple*, notait-il déjà en 1953 avant d'ajouter six mois plus tard : *La guitare est désaccordée. Toutes les cordes pendent.*

Vous avez la gloire, lui dit-on parfois, mais il préférerait être aimé et il ne l'est pas. On l'accuse de nuire aux garçons qui l'entourent, Doudou le premier, dont l'opiomanie n'est plus un secret, alors qu'on idolâtre Picasso, dont chacun sait qu'il maltraite ses compagnes et tient dans une dépendance financière indigne sa progéniture. Il lui arrive encore de recevoir des lettres de jeunes provinciaux implorant son appui en lui promettant : *Je me fierai à vous, je serai votre œuvre, vous serez tout.* Mais en place d'un Radiguet, d'un Marais ou d'un Genet, il tombe sur des acteurs balbutiants, des écoliers sans génie et des « chercheurs d'or » n'ayant pour eux qu'un premier prix à un bal travesti qui menacent au deuxième rendez-vous de partir *avec un autre monsieur*.

Les pêcheurs de Villefranche lui donnent en 1957 une dernière occasion de retrouver foi, en l'autorisant à peindre leur chapelle désaffectée. Prenant exemple sur Matisse, qui a décoré entre 1950 et 1952 celle de Vence, il sollicite l'avis de Picasso, qui a peint celle de

Vallauris entre 1952 et 1954. Ce dernier lui prodigue mille conseils pour l'exécution de son « décor », dont la stylisation pourra évoquer, en couleurs, les *Constellations* que lui-même composait dans les années 1920-30. Porté par ces modèles illustres, Cocteau s'avère infatigable. À l'inverse de son *cher Magnifique*, les ouvriers qui l'assistent tirent plaisir de la moindre réalisation et voient dans leur amour du travail bien fait la meilleure des gratifications. Indemnes de toute vanité d'auteur, comme les potiers qui réalisent leurs céramiques, ils lui font oublier l'âpreté des génies qu'il a côtoyés, Picasso le premier. Ces artisans anonymes sont les dépositaires d'une vraie sagesse : comme Doudou, qui se *fiche* de savoir si ses toiles seront exposées, ils travaillent en sifflotant et rentrent heureux chez eux…

Jamais Picasso ne viendra voir le résultat, de son vivant. Il l'assurera avoir voulu visiter sa chapelle à l'hiver 1957, mais c'était à l'heure du déjeuner et il aurait trouvé porte close. Cocteau ne fut pas dupe de cet obstacle imprévu : *le succès de ma chapelle les rend malades*, note-t-il dans son journal. Comme si les visiteurs qu'elle accueille faisaient de l'ombre à Picasso…

Sans doute se connaissent-ils trop bien pour se surprendre encore. *Jadis on sortait de chez Picasso riche et avec l'envie de se mettre à l'ouvrage*, écrit Cocteau dans *Le Passé défini. Maintenant les contacts sont superficiels et de pure forme*. Le Malaguène devenant inattentif et littéralement sourd, Cocteau tombe de plus en plus sur un mur, quand il gagne La Californie. La gêne l'emporte sur le plaisir, la déception sur la rancune… *Ce qui m'importe n'entre jamais en ligne de compte lorsque je parle avec Picasso*, confie-t-il à son journal. *À tel point nous évoluons sur des terrains étrangers qu'il ne nous reste guère que la plaisanterie comme terrain d'entente.* Il n'éprouve même plus cette excitation qui lui donnait tant envie d'être Picasso, en sa présence. *Son égocentrisme et sa puissance de destruction l'enveloppent d'une solitude contre laquelle la mienne se cogne…* [*et*] *qui rendent une détente véritable très difficile.*

Longtemps cet ange tombé sur terre avec un sac *rempli d'ailes de rechange* avait paru pouvoir faire de lui-même ce qu'il voulait. Cocteau semblait jouir de cette prolifération existentielle que le Bouddha assure à son disciple, via ses avatars. Mais son organisme n'a plus la force d'opérer ces métempsycoses : épuisée par cinquante ans de mues, sa peau se dessèche. Il est parvenu à cet âge où l'on ne peut réellement plus rien changer en soi et où, comme le dit si bien Proust, notre passé, conservé par l'habitude, pèse si lourdement sur nous et conditionne si puissamment nos actions qu'à chaque instant de notre vie nous sommes les *descendants* de nous-mêmes. Né divers – *un de ces hommes qui ont l'air d'être au pluriel*, disait Léon Bloy –, Cocteau finit seul. Le septuagénaire de Santo-Sospir écrit du Cocteau, dessine du Cocteau, décalque ses Œdipes et ses Antinoüs sur des assiettes et des programmes, jusqu'à paraître se plagier. *Le succès est dangereux*, prévenait-il dans *Vogue* en 1956. *On commence par se copier soi-même, et se copier soi-même est plus dangereux que de copier les autres. Cela conduit à la stérilité.* Il a été si souvent moqué qu'il en vient à engendrer une sorte d'auto-caricature qu'il tend à ses adversaires en pensant se préserver en elle, comme sous un masque de carnaval. Tout comme Picasso, à force de se singer, semble être devenu son propre faussaire, il se parodie en espérant se rendre inatteignable. Mais il se sent bien seul, sous cette affreuse panoplie ; il fait froid, dans le for de Jean Cocteau.

Lui qui a toujours cru aux fées, aux tables tournantes et aux capes d'invisibilité se réfugie dans l'occulte. Il s'intéresse aux paradoxes de l'espace-temps et aux théories les plus étranges sur les extraterrestres. Notre univers, pense-t-il, n'est que la partie immergée d'une constellation que seuls quelques voyants pressentent, dernier point sur lequel Picasso serait d'accord, lui dont la superstition prend des proportions inquiétantes. Il se convainc d'avoir franchi six des sept murs invisibles qui cernent notre corps astral, tout en craignant d'être resté bloqué juste avant la sortie. Il en vient à interpréter les grands textes selon un système numérique fondé non plus sur le chiffre 10 mais sur les vingt-six lettres de l'alphabet, tandis que des partisans de la *cryptomnésie*, ou *mémoire cachée anticipatrice*, traquent les prémonitions contenues dans son poème *Vocabulaire* pour y découvrir que le vote des pleins pouvoirs à Pétain y était *explicitement* annoncé.

Il a toujours attiré les imposteurs, depuis son *Thomas*. Un impresario marron put lui escroquer ses droits sur

La Voix humaine avant de le convaincre de faire le portrait de Maria Lani, une « actrice fameuse » en Allemagne qui sera peinte par les plus grands, le méfiant Picasso excepté. Une vieille dame se faisant passer pour son épouse était parvenue avant guerre à soutirer une trentaine de millions à de braves gens au prétexte de monter une pièce de son « mari ». En 1952 encore, au salon du Comité national des écrivains, un jeune homme s'était installé derrière ses livres pour les dédicacer à sa place avant de partir en courant avec la caisse.

Son intérêt marqué pour la numérologie lui attire un nouveau public. Il reçoit des lettres d'amateurs éblouis par ses déclarations radiophoniques au sujet du *temple naturel* qu'est notre corps, et d'amateurs de paranormal rameutés par ses propos sur les *gerbes de laine de verre* qui tombent des soucoupes volantes pour fondre entre les doigts des témoins. Des chercheurs obsédés par les éclipses de lune, les anniversaires napoléoniens et autres dates réversibles – 808, 1961 –, lui soumettent leurs calculs tandis que ses fréquentes allusions à l'Évangile apocryphe du Verseau poussent les chevaliers de l'Ordre du Temple de Jérusalem à lui commander la décoration de leur chapelle de Fréjus. Sa nature le poussant à répondre oui à tout, certains n'hésitent plus à utiliser sans autorisation son nom ; il reçoit ainsi une lettre de Johnny Hallyday le remerciant de s'occuper de son *fan-club*.

De faux Cocteau sont régulièrement signalés ici ou là – truqueurs paradant à des générales, escrocs en quête de subsides ou de réclame. Des « érudits » lui écrivent pour lui révéler les clefs alchimiques de son œuvre et des psychotiques pour le sacrer *le* plus grand psychiatre du temps. L'un le supplie de prendre sur sa droite *le mauvais larron crucifié par ses vices* ayant l'humble honneur de lui écrire, l'autre fait de lui l'Inspiré maintenant le lien entre la terre et l'inconscient collectif.

Les insultes ne manquent pas non plus. Un vicomte le traite de papier tue-mouches et signe sa lettre *Mes amitiés en Sodome*. Une femme le menace de rétorsion après lui avoir rappelé leur rendez-vous d'amour non suivi d'effet. Un aliéné belge surpris avec un couteau à la main exige son intervention auprès des *forces obscures* qui le gouvernent. Soupçonné d'imposture par les raisonnables, Cocteau s'impose comme le guérisseur des illuminés et ressort à chaque fois désubstantialisé de ces initiatives aberrantes : sa personnalité semble lui appartenir moins que jamais, parmi ces contrefacteurs. *Peut-être l'exceptionnel est-il victime d'une sorte de loi qui cherche à l'éliminer de la nature*, écrivait-il sous l'Occupation. *Son rôle consiste à se maintenir debout jusqu'à ce qu'il cesse d'être exceptionnel, à cause de ceux qui l'imitent à la longue. C'est, hélas, après sa mort qu'on lui signe ce permis de séjour.*

Picasso connaît des inquiétudes étrangement voisines. Des inconnus n'hésitent plus à franchir son portail pour envahir son jardin en espérant se voir offrir un dessin, en le lui volant au besoin. *On le visite comme la tour Eiffel,* note Cocteau. *On y monte. On y déjeune.* Le nombre de gens rêvant d'être lui ne cessant d'augmenter depuis qu'il apparaît en couverture de *Match*, des Monsieur Tout-le-Monde s'autorisent à le déranger en espérant lui ravir un peu de sa notoriété, comme s'il appartenait à chacun, jusqu'à le menacer d'une sorte d'anonymat supérieur. Alors que Cocteau ne peut s'empêcher d'entrouvrir ses portes à ses admirateurs les plus déroutants, le peintre se barricade derrière des murs hérissés de tessons de bouteille : il n'a pas oublié le fou venu l'assassiner au milieu des années 1950.

Cocteau s'épuise alors à convaincre des producteurs de financer son ultime film, *Le Testament d'Orphée*. Les refus sont si nombreux qu'une crise d'hémorragie le frappe en 1959 – *Picasso t'envoie un million de globules rouges,* lui télégraphie Jacqueline, comme si le sang du vampire allait sauver le vampirisé. Sans vrai budget, il réussit à convaincre ses amis d'apparaître gracieusement dans le film. Picasso ne sera pas le plus facile à décider, lui qui déteste quitter ses pinceaux, mais il prendra un vrai plaisir à tourner avec Dominguín, leur ami torero, et les Gitans des Saintes-Maries-de-la-Mer. Toute l'équipe ayant applaudi sa prestation, il reste bien au-delà du temps prévu et confie à Francine Weisweiller qu'il *ne refusera jamais rien* à son seul ami.

Incarnant Orphée, le barde qui enchantait hommes, femmes et bêtes, Cocteau s'y pare d'attributs fabuleux. Frisotée par les petites mains d'Alexandre, le salon de coiffure de l'avenue Matignon, sa chevelure prolifère telle celle de Méduse. Des ailes de Sphinx jaillissent de ses épaules sanglées dans un blouson en tergal Kim Il-sung comme s'il devait s'envoler, à l'instar du gardien ambigu de la ville de Thèbes. De gigantesques yeux d'émail blanc et bleu, pareils aux coquillages porte-bonheur de la Méditerranée, lui font un regard presque aussi menaçant que celui de Picasso – un ersatz de *mirada fuerte*.

Sorti en 1960, cet ovni cinématographique ne connaîtra qu'un succès d'estime orchestré par les rédacteurs des *Cahiers du cinéma*, Godard et Truffaut en tête. En parlant d'une œuvre si bien ordonnée par *une métrique régie par les nombres* qu'on croirait voir un centimètre écrit en vers *se dérouler*, Picasso marque le quarante-cinquième anniversaire d'une amitié que Cocteau célèbre, l'année suivante, en rassemblant les textes qu'il a consacrés à son vieil ami et que celui-ci illustrera de vingt-quatre lithographies presque plus matissiennes que picassiennes, *Picasso de 1916 à 1961*, dont un *Double portrait Cocteau-Picasso* gravé, testament graphique de leur amitié.

Le suicide de son père avait tôt prévenu Cocteau contre l'omniprésence de la mort – *Elle me guette comme une chose bonne à manger*, disait-il. Désireux une dernière fois d'échapper au temps, il livre en 1963 son visage à la chirurgie. *Il n'y a pas de risque que Jean ne prendrait pour boire une gorgée à la fontaine de jouvence*, avait soufflé Picasso à James Lord. Le chirurgien ayant exigé que Cocteau renonce aux anticoagulants avant l'intervention, un caillot se forme dans ses artères. Victime d'un traitement devant lui assurer une éternelle jeunesse, Cocteau rentre chez lui à Milly-la-Forêt, où Picasso lui envoie ses vœux de bon rétablissement. Le 11 octobre 1963, Orphée s'éteint allongé, une main sur le ventre, comme dans son dernier film. Loin de Picasso et de Jacqueline, dont il disait quelques mois plus tôt, alors qu'il retraçait devant une caméra de télévision leur amitié : *Je les aime, et je sais qu'en ce moment-ci ils me regardent.*

Picasso a un choc en recevant le lendemain une ultime lettre de Cocteau ; il ne perd pas seulement l'ami qui aura durant un demi-siècle génialement manié l'encensoir, mais aussi le catalyseur de son épanouissement professionnel et social, et l'un des plus brillants de ses poètes-lauréats. Il préférera pourtant rester devant son chevalet lors de l'enterrement à Milly-la-Forêt, et se refusera à tout commentaire public. Il laissera Paulo le représenter dans le cortège menant la dépouille à la chapelle Saint-Blaise-des-Simples et fuira sa maison pour échapper aux journalistes voulant recueillir sa réaction. Sa crainte de la mort l'empêchera jusqu'au bout de rédiger un testament et d'assister aux enterrements de ses amis : après avoir vu dans celle de ses proches le meilleur rempart contre la sienne, il ne veut même plus en entendre parler. *Il ne reste que Jean et moi*, avait-il déclaré quelques années plus tôt : il est seul désormais.

Picasso va tenir néanmoins à assister à l'hommage qui sera rendu quelques semaines plus tard à son vieil ami dans la chapelle de Villefranche. On ignore ce qu'il pensa des fresques où Cocteau mit tant de lui-même et un peu de lui aussi, mais on sait que Doudou le remercia en lui écrivant, dans son style approximatif : *Je tiens à vous dire que vous étiez son dieu/ sa dernière lettre il ne parle que de vous*.

De huit ans son aîné, Picasso survécut près de dix ans à Cocteau. Il s'enivra d'encres et de térébenthine pour échapper au temps, dessina, peignit et grava plus que jamais pour retarder l'issue. Sa compagne, son infirmière, son souffre-douleur et sa secrétaire, Jacqueline Roque, le protégea contre les journalistes et ses enfants illégitimes, qui auraient tant voulu cesser de l'être. Épousée en 1961, elle répondra si bien à ses attentes qu'elle sera souvent perçue comme un dragon – Picasso finira par portraiturer lui-même des Jacqueline bossues, naines ou difformes, comme il avait fait des Olga caprines, des Dora au double menton et des Françoise moustachues. Il s'éteignit enfin, comme tout le monde ou presque, en laissant une cinquantaine de milliers d'œuvres, à quatre-vingt-onze ans.

Quand je mourrai ce sera un naufrage, avait-il prévenu. Trois mois après, jour pour jour, le petit Pablito, le fils de Paulo, vingt-quatre ans, avale une forte dose d'eau de Javel – il mettra des semaines à mourir. Deux ans plus tard c'est Paulo, cet homme réduit à rien par l'omnipotence d'un père qu'il vénérait, qui meurt d'un cancer du foie précipité par l'alcool. En 1977, la très joyeuse Marie-Thérèse est retrouvée pendue à une poutre du garage de sa maison de Juan-les-Pins. Après s'être dévouée à lui une décennie durant puis avoir souffert d'alcoolisme et de dépression les treize années suivantes, Jacqueline se tire en 1986 une balle dans la tête.

Picasso peint avec le sang des autres, assure Françoise Gilot. Il ne l'aurait sans doute pas démentie, lui qui affichait sa passion pour les os et qui, à quatre-vingt-dix ans encore, se représentait sous les traits d'un squelette de singe. Mais peut-être est-ce Goya qui avait fait par anticipation son plus beau portrait, en signant son *Saturne dévorant ses enfants. Vous n'avez jamais aimé personne, vous ne savez pas aimer*, lui avait lancé un jour Dora Maar. *Je n'ai fait qu'aimer*, se défendit-il à la radio. *J'aime tout le monde, mais il n'y aurait plus de monde j'aimerais, je ne sais pas, une plante, un bouton de porte, n'importe quoi.* Comprenne qui pourra.

L'armée de l'ombre

Je peine à imaginer ce qu'il serait advenu si Picasso, à force de se tenir *tout contre* Cocteau, s'était abandonné à leurs rêves de création à quatre mains. Le graphisme aérien de l'écrivain aurait-il allégé son trait ? Difficile de se représenter les toiles, les sculptures et les fresques qui seraient sorties de l'atelier de *Picocteau* ou qui sait de *Coctasso*. Les lois de la génétique étant plus qu'hasardeuses dans ce domaine aussi, on ne peut jurer des effets de cette fécondation croisée.

Reste que l'un et l'autre se sont stimulés, des décennies durant. Copier, voler, parodier leur était tout aussi naturel que de dessiner depuis l'enfance, où ils regardaient leur père œuvrer. Si le simple plagiat est stérile, l'imitation fut la clef du progrès pour ces créateurs qui se nourrirent de ce qu'ils voyaient à la façon de la pie, du vautour, de la charogne parfois : un jeune artiste s'approprie l'œuvre de ses prédécesseurs, avant la réalité qui l'entoure.

Le petit d'homme apprend en copiant ses géniteurs pour améliorer *sa* façon de marcher, de courir, de chasser : le mimétisme et la rapine sont la clef de ses progrès. Tout comme les millions d'images accessibles sur la Toile, les musées peuvent être vus comme de gigantesques banques de données où amateurs et élèves puisent pour devenir de simples imitateurs, d'habiles faussaires ou d'authentiques créateurs – la frontière n'étant pas si marquée entre le calque dont Cocteau use pour parfaire son trait et la feuille blanche où Picasso croque *ses* « Cézanne ». *Une invention n'est que l'effet d'une rencontre singulière d'imitations hétérogènes dans un cerveau*, assure Guillaume Tardes dans *Les Lois de l'imitation*, et la règle vaut plus encore en art : mieux on copie, plus on risque d'inventer.

Ce n'est pas une originalité innée mais un *excès* d'aptitude mimétique qui aura poussé Picasso et Cocteau, Proust et Stravinsky à créer leur univers. C'est l'accumulation des modèles contradictoires qu'ils se seront donnés qui aura précipité leur besoin de les dépasser en faisant œuvre. Personne ne naît original en art – en prétendant qu'il dessinait *comme* Raphaël à douze ans, Picasso le confirme implicitement. Lui-même ne rompt vraiment avec l'héritage de son père qu'en « mixant » les leçons de l'Afrique à celles de l'Ibérie et les chefs-d'œuvre du Louvre à ceux du Prado. Le premier cubiste n'est ni lui, ni Braque, ni même Cézanne, mais Le Greco, et qui sait où ce dernier trouva le secret de tout géométriser ?

L'imitation structure la vie créatrice et la vie sociale. Elle est le ressort de la mode, des courants esthétiques, de la propagation des formes inédites d'attentat ou de crime. Elle devint d'une contagiosité irrésistible à partir de 1910, où « tout le monde » introduisit des cubes dans ses toiles après *Les Demoiselles d'Avignon* et délaissa l'alexandrin pour le vers libre à la suite d'Apollinaire. D'invisibles ficelles tirées depuis je ne sais quel ciel semblaient activer les poignets des peintres et des écrivains, mais aussi bien des anarchistes – c'étaient parfois les mêmes – qui posaient depuis peu des bombes, de Barcelone à Saint-Pétersbourg en passant par Paris. C'est en réaction encore contre l'une de ces étranges épidémies que Picasso et Cocteau lancèrent *le rappel à l'ordre* au sortir de la Première Guerre mondiale, pour le plaisir de se contredire.

Cocteau théorisera ce recours assumé à l'emprunt par un paradoxe : *Un artiste original ne peut pas copier. Il faut donc copier pour être original.* Autant dire : un vrai créateur ne reproduit jamais, il *s'approprie* – il peut donc se risquer à paraître copier. Picasso le confirmera : *La personnalité ne vient pas de la volonté d'être personnel. Celui qui s'acharne à être original perd son temps.* On a toujours des modèles à dépasser : Cocteau tient de son père l'habitude de croquer son entourage, Picasso doit ses colombes et ses taureaux au sien. Si l'imitation est l'enfance de l'art, le *copillage* est son âge adulte, et il n'est dangereux que pour qui manque de singularité.

Cocteau n'apporta pourtant pas à son art cette sauvagerie qui fit la gloire de Picasso et de Stravinsky. Il eut beau électriser ses phrases, il ne réussit jamais à se faire taureau ou mammouth comme eux, c'est toujours son sang qu'il faisait couler. Du moins sut-il se rendre unique et eut-il le privilège d'être à son tour copié, preuve qu'il s'était enfin *trouvé*.

Picasso éprouvait un vrai plaisir à être imité, on lui rendait hommage. Il aimait s'afficher avec Óscar Domínguez, ce surréaliste sans cote qui avait fréquenté son atelier au terme des années 1930 avant d'inonder de faux « Picasso » le marché de l'Occupation. Ce copieur contrefaisait si bien sa manière qu'il avait pu lui-même signer Picasso certains de ces faux qu'il trouvait dignes de lui. Domínguez alla jusqu'à vendre aux États-Unis d'authentiques « Picasso » que possédait Marie-Laure de Noailles qu'il remplaça sur les murs de son hôtel particulier de la place des États-Unis par des copies exécutées par lui. Ils firent illusion sur la plupart, y compris Charles de Noailles, l'époux de Marie-Laure. Une manière d'exorciser le démon Picasso, dira celle qui était alors sa maîtresse : Domínguez rêvait aussi en secret d'être Picasso.

Jamais ce dernier ne porta plainte. Plutôt que d'être confronté à un « collègue » menotté devant un juge d'instruction, comme à l'époque d'Apollinaire, il préféra reporter la faute sur Marie-Laure qui, découvrant l'escroquerie, s'en fit la complice. Elle chargea James Lord d'aller négocier une des copies exécutées par Domínguez avec un galeriste qui s'avéra avoir vendu l'original un an plus tôt ! Encore dans les années 1950, Picasso prenait un vrai plaisir à contrefaire son imitateur en s'affublant d'un faux nez à lunettes et d'une touffe de crin noir pour mimer les clowneries alcoolisées de Domínguez. Picasso ne s'indigna pas plus quand un peintre latino-américain, à qui il avait offert un pastel pour lui permettre de regagner son pays, le copia quatre fois et vendit les quatre copies. Il remboursa de sa poche les victimes et se félicita *urbi et orbi* de sa bonne action. *Plus on lui prend, plus il est grand*, dit la devise ajoutée aux armes du roi d'Espagne, qu'il se plaisait à citer.

Encore fallait-il que le voleur ne cherche pas de façon trop voyante à devenir Picasso, ce qui put arriver à Cocteau. Ou à se substituer à sa personne, à l'instar de Georges Bemberg, le richissime Argentin qui avait installé Picasso dans sa villa au milieu des années 1920 et qui s'était mis à signer *ses* « Picasso » avant d'être interné : à la mort de Bemberg en 1969, on soumettra à Maurice Rheims des dessins retrouvés dans ses affaires afin que Picasso les authentifie et les signe. Horrifié, le Malaguène demandera au commissaire-priseur de ne *jamais* y toucher : ces dessins étaient d'un fou qu'on avait interné dans la clinique suisse où son fils Paulo s'était « reposé » dans les années 1940 : même un homme moins superstitieux y aurait vu un mauvais présage.

Cocteau aimait plus encore être volé, c'était la preuve qu'on l'enviait. Et jamais il ne craignit les imitateurs, à l'inverse d'un poète aussi fébrile que Reverdy, lequel passa sa vie à traquer ses pillards supposés. Le premier savait d'expérience que ce mimétisme va souvent de pair avec une secrète identification. Il alla jusqu'à encourager ce penchant quand la génération des années 1920 se reconnut dans ses *Enfants terribles* et que Maurice Sachs, après s'être converti au Dieu des chrétiens par amour pour sa personne, l'imita dans chacune de ses manies.

Ce besoin de contrefaire n'est évidemment pas sans risque, pour le modèle comme pour le mime. Le père de Picasso finit par s'éclipser devant son fils et Georges Cocteau sanctionna par un suicide, entre autres motifs de désespoir, son inaptitude à être plus que l'inspirateur provisoire du sien. L'incapacité de ces géniteurs à transmettre à leurs enfants un modèle durable a nourri en retour l'effort gigantesque de ces derniers pour s'imposer comme des créateurs inimitables, quand bien même ils étaient imités.

Difficile de dire aujourd'hui quelle proportion des « Picasso » en circulation est douteuse. Certains « à la manière de… » arrivent dotés d'un pedigree et de l'estampille d'une galerie. D'autres authentiques tableaux n'ont pas été signés par le peintre qui, pour dissuader les vols dans son atelier, se réservait de le faire quand il les mettrait en vente ou les offrirait à ses proches, afin de mieux les « tenir ». Un faussaire comme Guy Ribes estime avoir peint ce qu'il appelle des *entre deux* : Picasso reprenant souvent le même tableau, et gardant chacune des variantes – quand il ne les faisait pas copier à mesure par Françoise Gilot –, Ribes se contentait d'en faire une de plus après s'être renseigné sur le lieu où les autres avaient été composées pour s'en imprégner. Tout en contrefaisant le maître, il conversait avec lui, devenait en quelque sorte lui. Et si son marchand éprouvait la même émotion devant le résultat que devant un vrai « Picasso », il le lui achetait. *Ces toiles sont de moi*, put dire Ribes à son procès, où furent expertisés quarante de ses « Picasso ». *Si j'y ajoute un vrai tableau, alors il devient faux.*

Le nombre de faux dessins de Cocteau en circulation est tout aussi difficile à évaluer. Parce que sa manière reste facile à imiter et qu'il était le premier à reprendre au calque ses originaux, il est souvent impossible de dire lequel de ses dessins est la source. Il était comme Picasso conscient que l'œuvre d'art, entrée dans l'époque de sa reproductibilité technique qu'analysa en 1955 Walter Benjamin, était en passe de changer de statut. Après celui de la photographie, du cinéma et de la photocopie, l'essor d'internet et des NFT (jetons non fongibles) ne lui aurait pas donné tort.

C'est l'armée de l'ombre de la création que les destins croisés de Cocteau et de Picasso révèlent pour finir. Celle des *would be* artistes qui cherchèrent leur salut dans des formes, mais sans leur rage à s'imposer, leur cruauté ou leur masochisme, qu'ils s'appellent Georges Cocteau, Don José Ruiz, Georges Bemberg ou Doudou Dermit. Certains se contentèrent de mener des vies discrètes, sans agent ni galeriste, d'autres souffrirent le martyre de leur obscurité. D'aucuns finirent par se résigner à imiter la manière d'un artiste célèbre pour survivre et connurent aussi leur heure de gloire. À l'image d'Elmyr de Hory, ce faussaire qui introduisit lui aussi des variations dans l'œuvre de Picasso et les revendiqua devant la caméra d'Orson Welles dans l'étrange *F for Fake*, en 1973.

Mais qui s'intéresse à cette armée de l'ombre ? À ces écrivains du dimanche qui se résignent, après des dizaines de refus, à inonder la Toile de récits en libre accès dans l'espoir fou d'accumuler les *like* et de convaincre un *véritable* éditeur. À ces actrices qui passent leurs journées en appels téléphoniques et en auditions sans suite, avant de surprendre dans le regard blessé de leur progéniture le reflet de leur calvaire, puis de se retirer pour laisser cette dernière se déployer dans la lumière, jusqu'à souffrir plus encore en la voyant triompher à leur place, comme dut le faire le père de Picasso.

Par leurs trajectoires fulgurantes, Cocteau et Picasso éclairent encore l'étendue des dégâts que peuvent susciter dans leur entourage des créateurs habitués à s'extraire des catégories morales pesant sur chacun. La liste des victimes féminines de Picasso a été mille fois faite. Fernande Olivier, sa compagne de 1904 à 1912, dont il suça toute la moelle et qui ne lui inspirait plus à la fin que de l'effroi – *Il m'aurait laissée mourir sans même se rendre compte de mon état*, dira-t-elle. Olga Khokhlova qui, après lui avoir sacrifié sa carrière, se découvrit trompée et devint folle de jalousie, avant de rôder des années durant autour des maisons de celui qui restait officiellement son mari et de dénoncer ses toiles comme autant de *péchés mortels*. Marie-Thérèse Walter qui, après avoir subi son emprise psychique et son sadisme sexuel avec une bénévolence surhumaine, se retrouva délaissée à son tour. Dora Maar, qui se retira du monde après lui pour se vouer à *sa* peinture et à Dieu, seul à pouvoir le supplanter dans son esprit, mais qui rêvait encore à lui chaque nuit et lui écrivait pour lui demander d'éviter de pécher, vingt ans après leur séparation.

Toutes auraient pu dire comme Dora Maar : *Je n'étais pas ta maîtresse, tu étais mon maître*. Elles étaient là pour entretenir sa productivité, satisfaire ses désirs et sa possessivité, le faire croire l'égal du Minotaure, à qui l'on offrait des jeunes filles sous l'Antiquité – jusqu'à la première maladie, qui faisait d'elles des gêneuses. Seule Fernande Olivier sut refaire après lui sa vie, sans lui garder rancune. Comme Françoise Gilot, qui vient en 2022 de fêter ses cent ans – Picasso n'en a jamais atteint que quatre-vingt-onze – et qui continue d'incarner l'intelligence et la vie : c'est elle aussi qui le trompa et le quitta, et c'est lui qui souffrit.

La liste des victimes masculines de Picasso est presque aussi imposante, à ses débuts. Je pense à Hortensio Güell, à Carlos Casagemas et à Grete Wiegels, à tous ces admirateurs fascinés, homosexuels pour certains, qui se donnèrent la mort après avoir vécu dans son ombre, entre Barcelone et Montmartre. À Óscar

Domínguez encore, qui finit par s'ouvrir les veines et n'eut pas le temps de voir sa cote grimper – elle est si haute aujourd'hui que c'est lui que les faussaires copient. Sans parler de Picasso lui-même, qui considérait avoir tout sacrifié à son œuvre et qui aimait dire, à propos de ceux qui l'enviaient : *Le vrai prix de mes tableaux, s'ils le connaissaient, personne ne voudrait le payer*.

Cocteau craignait de son côté d'être néfaste à son entourage. Moins par sadisme ou par indifférence, que par l'effet de la mauvaise étoile qu'il sentait sur son front. Il tenait obsessionnellement la liste de ses proches décédés précocement : de son pauvre père à Radiguet et de l'enfant que Natalie Paley avait porté dans les années 1930 et qu'il n'avait pas su convaincre de garder, à Jean Desbordes, son amant à la fin des années 1920, torturé à mort par la Gestapo française. Sans oublier Franz Thomassin, ce garçon issu d'une fratrie d'« Enfants terribles » qui, pour lui prouver son amour, se fit couper un doigt et le lui envoya dans un colis postal. Ou Doudou Dermit, qui resta dépendant de l'opium après la mort de Cocteau, et ses enfants après lui. On n'approche pas sans risque un tel feu central.

La création n'obéit pas à des critères moraux. Elle est le fait de personnalités souffrant d'un trop-plein de vie minée par une certaine difficulté d'être. Elle implique des assassins en puissance – il faut savoir « tuer » pour devenir immortel – et des victimes fascinées. Le sadisme de Picasso n'était un secret pour personne, il lui valut même la dévotion de personnalités aussi masochistes que Max Jacob, Éluard, Leiris ou Cocteau – sans parler de Dora Maar. Sa cruauté avait un tel pouvoir d'attraction qu'il lui suffisait parfois de rester immobile pour qu'elle opère. Il était arrivé à ce stade d'exposition où il n'avait plus besoin d'exercer sa puissance : elle agissait d'instinct sur les âmes les plus délicates. Beaucoup espéraient en secret y échapper, tout en se doutant que l'exception ne saurait durer. Il n'était un monstre qu'à mi-temps, après tout ; il souffrait aussi quand il était rejeté.

J'ai bien connu James Lord, qui laissa ce témoignage poignant qu'est *Picasso & Dora* avant sa mort en 2007. J'ai beaucoup aimé John Richardson, *le* biographe de Picasso, incomparable dans sa précision et ses jugements, jusqu'à son décès en 2020. Mais alors qu'ils partageaient les préférences sexuelles de Cocteau, tous deux restaient bien plus impressionnés par la personnalité rugueuse du peintre, jusqu'à se montrer solidaires de ses cruautés. Sans illusion sur ses clowneries, ils jugeaient son existence plus authentique que celle de Cocteau, qu'ils croyaient rongée par la mythomanie. Écrivant sur Picasso, ils ne manquaient jamais d'évoquer les mensonges de l'auteur de *La Difficulté d'être*, un ouvrage que Lord refusa de traduire, l'estimant contraire à *tout* ce qu'il connaissait de son auteur, alors qu'il reste un sommet de sincérité douloureuse – cet essai si personnel me fit découvrir Cocteau à l'adolescence. Sans rien ignorer des travers du génie qu'ils célébraient, pour être restés les intimes, l'un de Dora Maar, l'autre de Françoise Gilot, ils étaient les premiers à repérer chez Cocteau cette forme de lâcheté que Picasso savait susciter et dont personne dans son entourage ne fut indemne. John Richardson alla jusqu'à désapprouver publiquement la publication du remarquable récit de Françoise Gilot, *Vivre avec Picasso*, qui ne cachait rien des défauts du maître – il le regretta ouvertement plus tard. Et James Lord eut beau s'élever courageusement contre le silence de Picasso face à la répression sanglante de la révolution hongroise en 1956 – Cocteau le lui reprocha injustement –, le Malaguène restait sa référence artistique. La virilité de l'ogre restait plus désirable que la fébrilité du Poucet.

James Lord donne une autre justification à ses réserves : aussi généreux soit-il, Cocteau s'impliquait rarement à fond dans une relation. Le jeune Américain restant à ses yeux un « fan » parmi d'autres, c'était à lui, Cocteau, de parler, de penser, d'orchestrer le rapport. Alors que son côté « sans gêne » avait d'emblée séduit Picasso, qui était las des flatteries, note Bernard Minoret, Cocteau réduisait Lord au rang de témoin : autrui n'aurait été qu'une chambre d'Écho pour ce Narcisse voulant assurer seul le spectacle – *Cocteau était très brillant à notre dernière rencontre*, confia T.S. Eliot à Stravinsky, *mais il m'a donné l'impression de répéter en vue d'une occasion plus importante*. James Lord note aussi que le poète veillait à s'éloigner de tous ceux qui risquaient, en tombant, de l'entraîner dans leur chute.

Une façon d'accuser sa monstruosité latente et sa frigidité affective, que Maurice Sachs avait le premier détectées, sous la chaleur de ses propos.

À force de familiarité avec la souffrance, Cocteau avait indéniablement développé une forme de cruauté. Dur envers ses faiblesses, il l'était plus encore pour celles des autres, quand elles excédaient les siennes. Ses ailes d'ange n'étaient pas que protectrices : elles lui permettaient aussi de fuir une réalité devenue trop pesante. Mais il préférait encore souffrir avec les plus forts que de faire souffrir les faibles, sur la durée : ses bourreaux le faisaient vivre avec plus d'intensité que ses victimes.

Bernard Minoret ne cachait pas non plus avoir eu de vraies réserves à son endroit. Des trois jeunes visiteurs à qui le poète ouvrit grand ses portes dans les années 1950, il fut pourtant celui qui connaissait le mieux l'œuvre de Cocteau. Mais il était trop jeune alors, il me l'avouera bien plus tard, pour être ému par l'incessant combat que ce dernier menait pour se justifier. L'effet *Parade*, qui poursuivait Cocteau, l'empêchait de saisir le drame qui se jouait en lui. C'est pourtant Bernard qui me fit découvrir l'intelligence et la générosité dont l'écrivain pouvait faire preuve, comme Françoise Gilot m'éclaira sur les liens que Cocteau et elle entretinrent avec Picasso, durant l'inoubliable journée passée dans son atelier montmartrois, quand j'écrivais ma biographie.

Jamais un créateur de l'envergure de Cocteau n'aura eu autant besoin d'être aimé, et ne se sera adressé à un être si peu enclin à le faire que Picasso. Cocteau était très *fishing*, pour reprendre une des expressions fétiches de Proust, mais il avait beau aller à la pêche aux compliments, ses filets revenaient souvent vides. Plus il se montrait en demande et lui prouvait son affection, plus le Malaguène était tenté d'exercer son imperium. Un troc toxique dont ils purent souhaiter à tour de rôle se libérer, mais qu'ils relançaient immanquablement.

Ai-je énervé Picasso par le nombre de mes hommages ? se demanda Cocteau peu avant sa mort : c'est bien possible. Il put aussi l'agacer à force de vouloir lui faire signer des dessins qu'il avait fait *à sa façon*, comme ces coucous qui pondent leurs œufs dans les nids d'autres oiseaux afin qu'ils les élèvent : une gêne comparable se dégage des lettres admiratives que le jeune Valéry adressa à Mallarmé, dans un style si mimétique que l'auteur de *Jamais un coup de dés*... paraît ne plus savoir comment y répondre, les talents d'imitateur de Valéry le menaçant de ne plus être que le simple reflet de cette vertigineuse contrefaçon.

Cocteau aura toujours voulu comprendre les mystères du mécanisme créateur de Picasso. Une obstination qui aurait dû lui valoir la gratitude du Malaguène, lequel montra une pareille curiosité pour l'art de Matisse, le contemporain qu'il aura le plus admiré et envers qui il ne *manqua jamais de tact*, note Françoise Gilot. Mais si Picasso était aussi possédé par le désir d'analyser, précise-t-elle, c'était souvent pour détruire :

il soupçonnait une malignité intrinsèque derrière les choses et les êtres, *les dés étaient pipés*. La plus grande erreur de Cocteau restant à mes yeux d'avoir voulu durablement *devenir* le peintre – *Picasso, comme le vent, n'appartient à personne*, objecte Gilot. Le match ne pouvait être égal.

De la tauromachie au flamenco, des pans entiers de la mythologie Picasso sont aujourd'hui passés de mode. Son machisme nous insupporte, son cynisme nous glace dès qu'il n'amuse plus. Les révélations sur sa férocité, loin de l'affaiblir, accentuent pourtant son omniprésence : jamais on ne lui a consacré autant de livres, de films, d'expositions croisées et de rétrospectives. Une vague venue d'Amérique a beau réclamer la moralisation des pratiques artistiques, on s'intéresse plus que jamais au monstre qu'il fut : la dénonciation de sa misogynie alimente la curiosité à son égard autant que l'exaltation mécanique de son œuvre, tout comme l'antisémitisme de Céline maintient paradoxalement « frais » un auteur qui serait bien moins lu sans sa légende noire. *Plus il y a d'œuvres artistiques, moins il y a de morale*, déplorait John Adams, le second président américain. Moins il y a de morale, plus la curiosité croît aussi.

L'œuvre plastique de Cocteau jouit depuis vingt ans d'un vrai regain d'intérêt. On l'étudie dans les écoles d'art et de cinéma et il n'est plus jugé indigne de l'Université. Mais il lui manque cette forme de monstruosité qui fascine chez Proust comme chez Picasso, et les deux musées qui lui sont dédiés, l'un à Milly-la-Forêt et l'autre à Antibes, sans parler de celui de Menton, qu'une tempête a inondé, ne peuvent rivaliser avec les innombrables institutions qui portent le nom de Picasso. Et la cote de ce dernier reste très supérieure à la sienne, le marché ne trouvant pas chez Cocteau ces pièces maîtresses à même d'enflammer les enchères.

Qu'ils sortent de Wall Street (Jeff Koons), d'un institut de management (Richard Orlinski) ou de nulle part (Maurizio Cattelan), les plasticiens qui prospèrent aujourd'hui, grâce aux spéculateurs de l'Ouest comme aux oligarques de l'Est, doivent à Picasso d'avoir su convaincre qu'un peintre pouvait être à la fois révolutionnaire et milliardaire. L'émergence d'artistes « enfants » comme Charles Ray ou Takashi Murakami, parmi les plus cotés, doit aussi à l'auteur de *J'ai mis longtemps à être jeune*. Même le succès grandissant de Pigcasso, la truie de 200 kilos qu'une Sud-Africaine sauva en 2016 de l'abattoir et qui peint avec la bouche des toiles dont la dernière s'est arrachée à 24 000 euros, peut être vu comme un hommage à son génie financier – elle a déjà signé quatre cents toiles pour une galerie impatiente de prouver que les porcs ont *aussi* du talent.

La seule œuvre croisée que « conçurent » pour finir Picasso et Cocteau pourrait bien porter le nom d'Andy Warhol, qui commença à travailler comme graphiste en les imitant. Picasso fut moins un père qu'un amant et Cocteau n'enfanta jamais, mais après les avoir « regardés » faire, comme eux-mêmes le firent avec leurs géniteurs, Warhol s'imposa comme leur héritier avant d'engendrer à son tour des rejetons rusés et sans inspiration. Ainsi l'art assure-t-il sa descendance en faisant s'hybrider des êtres uniques, jusqu'à finir par produire, comme toute généalogie d'exception, des êtres presque indifférents.

Quelques livres m'ont aidé
à reconstituer cette histoire

Brassaï, *Conversations avec Picasso*, Gallimard, 1964.
Frederick Brown, *An Impersonation of Angels*, Viking Press, 1968.
Mary Ann Caws, *Les vies de Dora Maar*, Thames and Hudson, 2000.
Jean Cocteau, *Journal d'un inconnu*, Grasset, 1953.
— *Lettres à sa mère*, t. 1 *1898-1918* t. 2 *1919-1938,* Gallimard, 1989 et 2007.
— *La Corrida du premier Mai*, Grasset, 1957.
— *Le Cordon ombilical*, Plon, 1962.
— *Le Rappel à l'ordre*, Stock, 1926.
— *Opium*, Grasset, 1928.
— *Picasso*, L'école des loisirs, 1996.
— *Poésie critique*, 2 tomes, Gallimard, 1959 et 1960.
— *Journal, 1942-1945*, Gallimard, 1989.
— *Le Passé défini*, 8 tomes (1951-1963), Gallimard, 1983… 2013.
— *Œuvres poétiques complètes*, Gallimard, Pléiade, 1999.

Françoise GILOT (avec Carlton LAKE), *Vivre avec Picasso*, Calmann-Lévy, 1960.

— *Matisse et Picasso*, Robert Laffont, 1991.

Jean HUGO, *Le Regard de la mémoire*, Actes Sud, 1983.

Max JACOB/Jean COCTEAU, *Correspondance, 1917-1944*, éd. Paris-Méditerranée, 2000.

Ioannis KONTAXOPOULOS et Markus MÜLLER, *Cocteau rencontre/trift Picasso*, Hirmer, 2015.

James LORD, *Picasso & Dora*, Weidenfeld and Nicolson, trad. fr. Séguier, 2000.

— *Some Remarkable Men*, Farrar, Straus & Giroux, trad. fr. Séguier, 2001.

— *My Queer War*, Farrar, Straus & Giroux, 2010.

Bernard MINORET, Dominique PAÏNI *et alii*, *Cocteau,* catalogue de la grande exposition « Cocteau sur le fil du siècle », Centre Pompidou, 2003.

Pablo PICASSO, *Propos sur l'art*, Gallimard, 2000.

PICASSO/ COCTEAU, *Correspondance : 1915-1963*, Gallimard, 2018.

John RICHARDSON, *A Life of Picasso. The prodigy, 1881-1906*, vol. 1. *The Cubist Rebel, 1907-1916*, vol. 2. *The Triumphant Years, 1917-32,* vol. 3. *The Minotaur Years, 1933-1943*, vol. 4, trad. fr., *Une vie de Picasso*, vol. 1, éd. du Chêne, 1992. *The Sorcerer's Apprentice*, Knopf, New York, 1999.

— (Avec Claude ARNAUD et Elizabeth COWLING) *Picasso, The Mediterranean Years*, Gagosian, Rizzoli, 2010.

Diana WIEDMAYER-RUIZ-PICASSO et Philippe CHARLIER, *Picasso sorcier*, Gallimard, 2022.

TABLE

Cet ouvrage a été imprimé
par CPI Brodard & Taupin
pour le compte des éditions Grasset
à La Flèche (Sarthe)
en février 2023

Mise en pages
PCA 44400 Rezé

PAPIER À BASE DE FIBRES CERTIFIÉES

Grasset s'engage pour l'environnement en réduisant l'empreinte carbone de ses livres. Celle de cet exemplaire est de 450 g éq. CO_2
Rendez-vous sur www.grasset-durable.fr

N° d'édition : 22756 – N° d'impression : 3051351
Dépôt légal : mars 2023
Imprimé en France